AGUA CORRIENTE

colección andanzas

ANTONIO ORTUÑO
AGUA CORRIENTE
Antología personal de relatos

S_p

TUSQUETS
EDITORES

© 2016, Antonio Ortuño
Publicada mediante acuerdo con Michael Gaeb Literary Agency

Ilustración de portada: Ilustración de Christian Cañibe especialmente realizada para esta edición. © Christian Cañibe, 2016
Fotografía del autor: © Lisbeth Salas
Diseño de la colección: Guillermot-Navares

Reservados todos los derechos de esta edición para:
© 2016, Tusquets Editores México, S.A. de C.V.
Avenida Presidente Masarik núm. 111, Piso 2
Colonia Polanco V Sección
Deleg. Miguel Hidalgo
C.P. 11560, Ciudad de México
www.tusquetseditores.com

1.ª edición en Andanzas: julio de 2016

ISBN: 978-607-421-826-8

Impreso en los talleres de Litográfica Ingramex, S.A. de C.V.
Centeno núm. 162-1, colonia Granjas Esmeralda, Ciudad de México
Impreso y hecho en México – *Printed and made in Mexico*

Índice

Prólogo: Mi delito es por bailar *slam* 11

La Señora Rojo 15
Masculinidad 23
El Grimorio de los Vencidos 31
Historia 49
Héroe 67
Ars Cadáver 77
El jardín japonés 89
Pseudoefedrina 99
Agua corriente 117
El trabajo del gallo 129
Historia del cadí, el sirviente y su perro 135
Escriba 149
El horóscopo dice 157
Boca pequeña y labios delgados 171

Para Olivia

Mi delito es por bailar *slam*

El británico Walter Pater (el gran teórico del esteticismo) escribía en 1877 que todas las artes aspiran, en el fondo, a la condición de música, porque la música es pura forma. En el mismo escenario inglés y justamente un siglo más tarde, en 1977, Johnny Rotten, cantante de los Sex Pistols, dijo: «Haz música. Es sólo un conjunto de ruidos. Si puedes hacer un ruido dos veces ya la estás haciendo». El sabio formalismo a veces se acerca a la cruda necesidad expresiva.

Mi intención al escribir cuentos ha sido conseguir textos rigurosos y sugestivos en términos literarios pero también que los lectores reciban una impresión estética no demasiado lejana a la de quienes escuchan una descarga de rock estruendoso. Es decir, la sensación de que una ventisca los hace tambalear y los sofoca por exceso de oxígeno. Veo la escritura de cuentos como una apuesta por la velocidad, la precisión, la deliberación, el sarcasmo, la inquina.

Por ello no tengo intención de estorbar el paso con una dilatada nota preliminar. Baste decir que estos relatos son una selección personal de todos los que he publicado. Mi criterio de discriminación fue, simple y llanamente, la eficacia. No hay una línea temática que los una, sólo ciertos ritornelos de estilo. Hay aquí cuentos de corte fantástico («La Señora Rojo», «El Grimorio de los Vencidos»), satíricos («Masculinidad», «Ars Cadáver», «Historia del cadí, el sirviente y su perro»), políticos («Historia», «Héroe», «Escriba», «Boca pequeña y labios delgados»), hay tragicomedias familiares («El jardín japonés», «Pseudoefedrina», «Agua corriente») y apuntes de horror social («El trabajo del gallo», «El horóscopo dice»). Confío en que la proporción de unos y otros resulte dolorosamente placentera para el lector y el relector.

Concluyo con una nota de agradecimiento para quienes han editado y comentado estos cuentos antes, en otros espacios, en especial para Juan Casamayor, Paul Viejo, David Miklos, Nicolás Cabral, Julio Trujillo, Valerie Miles, Aurelio Major, Adam Blumenthal, Sergi Bellver, Yuri Herrera, Lolita Bosch, Martín Solares, Jeremías Gamboa y Arthur Zeballos.

Antonio Ortuño

La Señora Rojo

En mi jardín hay una tortuga del tamaño de una mesa. Agoniza, hace días, bajo el ventanal. Nunca me han entusiasmado los animales, pero las tortugas tenían ante mí el prestigio de la mudez. Pues no: hacen ruido. Esta, al menos, emite unos gemidos que complican el sueño y arruinan el desayuno.

Mi mujer y las niñas la riegan por las noches y le ofrecen comida. La bestia, lánguida, masca la lechuga pero al poco rato la vomita, convertida en una pasta sangrienta que hay que disolver a manguerazos.

Las niñas parecen considerar gracioso el proceso y han comenzado a entregarle apios o coles a nuestras espaldas, con el resultado de que su cuerpo está rodeado, ahora, por un círculo de hierba calcinada por el producto de sus náuseas. Además de afearnos la vista, la alimaña nos destruye el zacate.

Amo este clima.

Cientos de tortugas llegaron a la ciudad en los meses pasados. Casi todas fueron inmediatamente atropelladas, o lanzadas al vacío desde los puentes peatonales (y, consecuentemente, atropelladas), o utilizadas como tambores por los muchachos del tianguis cultural (decoradas, claro, con telas de colores, como bailarinas de salsa) y después convertidas en sopa en los barrios periféricos y en más de un fraccionamiento amurallado.

Comprendo y aplaudo a todo verdugo de tortugas: si no fuera un sujeto esencialmente holgazán, como soy, saldría ahora mismo al jardín y arrastraría al monstruo a la calle para que lo atropellaran. Pero como no tengo la menor intención de llenarme los pantalones de sangre y vómito, me limito a mirar cómo la riegan, aprovechando las dos horas de agua que nos corresponden por las noches. Si viviera, mi padre diría: *Trabajas todo el día para que tu agua la aproveche una tortuga desahuciada. Eres un pobre imbécil.*

Trato de leer el diario, pero estoy harto de las noticias sobre animales que van a morir en sitios en donde ni siquiera se suponía que vivieran. De cualquier modo, la tos de la bestia tampoco permitiría avanzar demasiado en el libro que abandoné desde su llegada. Nadie sabe por qué están en la ciudad. Algunos sospechan del clima. El delirante calor es bueno para las tortugas delirantes.

Una mañana, descubro que las niñas hablan con gran familiaridad de una Señora Rojo e intercambian risitas. Alarmada, mi mujer me confiesa que bautizaron así al animal, aunque su sexo sea una conjetura. El Rojo es por la sangre, claro, que ahora sale de su boca a borbotones hasta cuando no se le da lechuga.

Eso significará que el fin se acerca, quizá, pero mientras la muerte vacila, mi jardín y la zona de la casa que se asoma al ventanal han comenzado a apestar. Temo que los camiones asignados por el gobierno para recoger los cadáveres me multen por mantener con vida este filete en putrefacción.

Mis miedos se consuman. Una noche, al llegar del trabajo, me encuentro con que un agente ha adherido una multa al caparazón de la Señora Rojo. ¡Setecientos pesos! Por ese precio habría podido rentar un carro alegórico que le diera dos vueltas a la ciudad. En venganza, le ofrezco dos lechugas como cena y subo el volumen del televisor cuando le comienzan las arcadas. Ojalá le duelan.

—Déle a beber un poco de cloro —me sugiere el vecino, a quien consulto cuando lo veo sacar un cadáver en una gran bolsa negra—. Con un vasito que le haga pasar, se deshace del bicho.

Pero la Señora Rojo es tan lista que no bebe el cloro, sino que lo escupe cuidadosamente en mis zapatos.

El interés de las niñas decae, lo mismo que la compasión de mi mujer. Ahora, unas y otra se quejan del olor y me hacen responsable del bienestar de la cosa. Me empujan a llamar a un veterinario o, insinuantemente, a lanzarla por encima del muro, hacia el jardín del vecino.

La segunda idea no parece mala, pero para levantar semejante montaña de aletas y carey se necesitan unas fuerzas hercúleas que no poseo. Fracaso al cargarla: la bestia vuelca sobre las perneras de mi pantalón el contenido de su estómago presionado.

Los días se vuelven oscuros. Pierdo de tal modo el hilo de las noticias —cómo leer diarios, cómo mirar el televisor a unos metros de donde la Señora Rojo tose— que me toma por sorpresa la llegada del grupo de biólogos de la Universidad.

—Reportaron una tortuga enferma.

Bendigo mentalmente a mi vecino. Las niñas imploran que no la entreguemos, pero yo recompenso a los biólogos con quinientos pesos y un vaso de agua para cada uno.

Nuestra primera noche de paz es estupenda. Regamos la zona de hierba quemada y removemos la tierra. Acostamos temprano a las niñas y mi mujer se pone el camisón transparente. Dormimos a la perfección.

Me despiertan gritos de alborozo.

—¡Papá! ¡La Señora Rojo está en el jardín!

Mi mujer cubre su desnudez con una precaria sábana. Yo me envuelvo en otra, como un cónsul romano, y a toda prisa acompaño a las niñas, que me jalan las manos, ávidas de guiarme.

No es, desde luego, nuestra vieja Señora Rojo. Es un ejemplar mayor, pesado y enfermo, llegado quién sabe cómo a mi hierba. Huele como un batallón de Señoras Rojo en agonía.

¿Dónde puse la tarjeta de los biólogos?

Carajo.

Amo este clima.

Masculinidad

Lo primero que exigió Paz cuando nos casamos fue que no siguiera gastando el dinero como un rajá en el alcohol y los discos que solía. Mi obligación principal era pagar la renta, las cosas de la niña, pañales, leche, ropa, esas minucias.

Yo sufría la inagotable humillación de trabajar de noche. Permanecía en la redacción del periódico hasta la salida del sol o hasta que estuviera listo el suplemento del mundial de futbol. No recuerdo apenas nada de ese mundial: sólo el sabor de la sangre y la escena del primer gol, que sería desastroso.

Había sido una noche pésima. Los reporteros se pusieron a jugar con un balón en un pasillo mientras esperábamos el inicio de la transmisión de la ceremonia inaugural y, a consecuencia de un pase inepto, demasiado alto, rompieron un florero que derramó su agua sobre una impresora, arruinándola. Mientras los regañaba y me incautaba el balón, nos perdimos la entrevista con el presidente de la federación nacional que teníamos que robar de la televisión para hacer una nota, porque nuestro enviado al mundial no podía con todo: tenía que observar el partido, descifrar el idioma del país anfitrión y buscar recibos de consumo que justificaran sus formidables gastos en prostitutas.

Inventé dos párrafos de declaraciones del presidente de la federación, que resultaron idénticas a las originales cuando pudimos contrastarlas, y mandé que los intendentes se llevaran la impresora arruinada al taller. Como era de madrugada y los intendentes ya no estaban, ordené que los reporteros limpiaran el desastre. Apagué la cafetera a manera de mínimo castigo. Satisfecho, me concedí el último café caliente de la jornada.

—Tienen que aprender a ser hombres— les dije a los llorosos cuando trajeron la queja del mal sabor del café frío.

Rómulo, el más subversivo de mis inferiores, intentó refutarme invocando la antiquísima relación entre el juego y la masculinidad y citando a Píndaro como ejemplo. Me disgustó tanto su pedantería que lo obligué a aceptar una apuesta desventajosísima para el partido inaugural: me reservé al campeón del mundo y le dejé como adalid al oscuro equipo africano que lo enfrentaría. Rómulo se indignó y citó a Spinoza, a Salvador Allende y a un samurái. Le permití, benévolo, revolverse dialécticamente durante unos minutos, dos o tres. Luego amagué con endilgarle la reparación de la impresora si no se callaba.

—Es mucho dinero el que apuestas —gimió antes de elegir el silencio.

Lo era. No recuerdo cuánto, quizá la mitad de su semana. Lo merecido por amotinarse.

Me quedé sin café en la primera mitad del partido, así que tuve que mandar que encendieran la cafetera de nuevo. Los ánimos mejoraron. Me puse a juguetear con el balón confiscado mientras el juego, aburridísimo y lento como la vejez, avanzaba.

Acaeció el mal. El oscuro equipo africano aprovechó un pase errado y perforó la meta del campeón del mundo. Rómulo brincó a lo alto de una mesa y bailó una suerte de danza africana. Yo, iracundo, pateé el balón maldito, que se proyectó hacia el pasillo, dibujando una parábola prodigiosa en el aire. La cafetera se hizo añicos.

—No te pongas así —exigió Rómulo. Pensé en castigarlo por tutearme, pero habría sido una medida tiránica y desesperada y la reservé para alguna ocasión más meritoria. Sólo le ordené que fuera por un trapeador y limpiara.

El campeón, avergonzado, no supo reaccionar y mi derrota se consumó en pocos minutos. Rómulo y los africanos bailaban. Salí de la redacción justo antes de que el sol asomara su burlesco rostro.

Paré el primer taxi y le pedí que me llevara al cajero automático del mercado. Quería tener a la mano el dinero de la renta y el que tendría que darle a Rómulo y quizá unos billetes de más para ofrecerme a pagar la cafetera despedazada.

El taxista escuchaba en la radio los comentarios finales del partido.

—Esos negros sí que son hombrecitos —deslizó. Callé como un miserable, odiándolo.

La radio comenzó entonces a perorar moralidades sobre urbanidad y delincuencia. El conductor decidió imitarla.

—No debería pararse en el cajero del mercado. Hay mucho malviviente en esa zona —aconsejó. Recurrí a un gesto de indiferencia y le ordené que esperara mi regreso.

En la entrada del mercado, un malviviente de carne y hueso, con ropas raídas y piel ajada y costrosa me pidió dinero para desayunar.

—No —le dije con una sonrisa demacrada.

Me agradan los cajeros automáticos, incluso los rotos y rayoneados, como el del mercado. Los vagabundos lo habían orinado —apestaba— y habían roto la puerta y, sin embargo, el dinero seguía a salvo en su disciplinado seno.

—Dame el dinero, compadre.

El mismo tipo otra vez. Lo acompañaba ahora un cuchillito para cortar queso cuya hoja estaría impregnada, seguramente, de todas las enfermedades del planeta, de la malaria a la dislexia.

Decidí ser un hombre.

—Vete a la mierda —bramé como grito de batalla y lo embestí. El malviviente tendría una vida ardua y poco plena, quizá, pero su condición física era notable. Me recibió con un *jab* que me abrió la boca. Luego me derribó de una patada.

Apreté mis billetes contra el pecho como una madre a su primogénito. Recibí tres o cinco patadas en la espalda y el trasero, quieto como un mártir. Luego escuché un lamento prolongado que mi boca sangrante no podría haber emitido. Logré volverme.

El tipejo estaba de rodillas, la cabeza abierta por una brecha profunda como el mar y los ojos húmedos, vacíos. Tras él, un ángel rodeado del amanecer, apareció el taxista con una llave de tuercas en la mano.

Ya a bordo de su automóvil me entregó algunos pañuelos de papel para limpiar mis heridas. Resoplaba como un padre enfurecido con las malas notas de su hijo. La radio maldecía la delincuencia urbana.

—Se pasa de imbécil, joven.

Conté el dinero. Era suficiente para pagar mi renta y deudas e incluso cederle una propina adecuada a mi salvador.

—Váyase a dormir —recomendó cuando paramos frente a mi puerta. Aceptó con avidez poco épica el dinero que le ofrecí.

Yo agonizaba. Las llaves pesaban como la condenación eterna y la puerta se abrió, chirriante, presentando ante mí el camino que descendía al Hades.

Paz tomaba café ante el televisor. Miraba la repetición del gol del oscuro equipo africano.

—Ganaron. Qué bien.

Se puso lívida cuando vio la sangre en la camisa y mi boca rota. Me apresuré a darle el dinero de la renta para dejarle en claro que estaba vivo. No incólume quizá, pero triunfante.

—Pero qué diablos pasa.

La niña comenzó a llorar. Era mi turno de darle la leche, como todas las mañanas.

—Pasa que soy un hombre.

Como un emperador que marcha al exilio, me fui a calentar el biberón.

El Grimorio de los Vencidos

Ciertas desgracias favorecen el alma. Perder a los padres ennoblece: nos hace adultos que nunca más recurrirán a nadie, que serán en adelante pilares de la debilidad o inocencia de alguien más. Otras desventuras sirven apenas para corroernos la dignidad. Para anularnos. La mía es de esas. Apenas un año después del sepelio de mis padres, mi mujer me engañó con un mago.

Gina no eligió como seductor para su adulterio a cualquier ilusionista, sino a una notoriedad: El Mago Que Hace Nevar, hechicero legendario cuyo espectáculo enaltece la cartelera del Circo de los Hermanos López Mateos. El circo tiene un elenco fatídico de tigres y elefantes, un robot torpe y enorme con disfraz de gorila y cinco trapecistas consumidas y escurridizas. Pero ninguna de sus actuaciones osa compararse con el sagrado momento en que el Mago salta a la arena, entre aplausos o murmullos, e invoca la nieve con voz de fenómeno natural. ¿A quién no le gusta la nieve?

(Respuesta: a mí. Mis difuntos padres eran tan aprehensivos que jamás me llevaron a una montaña. Temían la gripa y las infecciones con tal energía que me contagiaron su prejuicio. Hasta la fecha, la menor racha de aire frío me hace estornudar.)

El Mago Que Hace Nevar era un sujeto común, más corpulento de lo debido, con tendencia a la calvicie y una irritante y diminuta papada de bebé colgando bajo el mentón. Su miembro era ancho y corto, como una espada romana. Sé del tema porque lo vi, al Mago, a punto de penetrar a Gina, mi mujer, sobre mi propio lecho matrimonial —ella cerraba los ojos con apremio, como si estuviera a punto de ser fornicada por la helada virilidad que la teología medieval atribuía a Satán.

(El dato, el de la verga de Satán, lo leí en un Grimorio.)

Conocimos al Mago en una cena en casa de los Valerio, una pareja de excompañeros de la escuela que habían terminado por convertirse en nuestras principales amistades. Alan Valerio era un tipo bofo, moreno, lleno de acné. Hacía sin cesar chistes desatinados que provocaban la risa de Mireya, su mujer, un ser flaco y sosegado. Alan era psicólogo, pero nunca había conseguido un mejor trabajo que el de asesor en un colegio de señoritas. Mireya —sus padres tenían una empacadora de atún— era quien liquidaba las cuentas de los servicios, pagaba la mensualidad de la casa y sufragaba los honorarios del sastre. Era, además, prima hermana de El Mago Que Hace Nevar. Aprovechaba sus visitas a la ciudad para invitarle la cena.

A Mireya le obsesionaba la privacidad de su primo y evitó convocar la reunión en un restaurante. Decidió invitarlo a su casa, contrató un banquete y cuatro meseros impecables. La concurrencia que esperaba la llegada del Mago aquella noche era selecta: mi esposa y yo, aburridos como cualquier matrimonio de mediana edad, y los Valerio, gordo y flaca juntos, como un par de letras sonrientes en el juguetero de un niño.

El Mago llegó tarde, en taxi. Tanto se había hablado hasta ese momento de su glamour, mientras arrasábamos con las galletas con mejillones y el *carpaccio*, que me decepcionó verlo descender a tumbos, como una puta telefónica, del coche de alquiler.

Apenas habló durante la cena, por lo que Alan y yo pudimos protagonizar una vistosa discusión sobre el nuevo *Código Penal*, que suavizaba las penas para los crímenes pasionales. Pese a que buscaba apoyo en las pupilas del Mago Que Hace Nevar cuando hilaba alguna frase particularmente severa, él sólo tenía ojos para el plato. Engulló en silencio —aderezado con algún resoplido porcino— el pollo, los calamares, la jícama bañada en salsa azul. Arruinó los postres con el sahumerio de un habano, recuperado de su chaqueta a medio fumar. Sólo cuando los meseros trajeron el café, el Mago reparó en que no estaba a solas.

—Señora, está usted admirable esta noche —le dijo a Gina con voz de huracán.

Clavó en ella una mirada mesmérica. Luego eructó y se limpió la boca con una servilletita bordada.

Mireya nos pastoreó al saloncito e hizo que nos fuera servido un digestivo de color esmeralda. El Mago aprovechó el trayecto para repasar con la mirada las nalgas y pantorrillas de mi mujer.

—No sé cómo lo soportas —confesé a Alan cuando nos sentamos, uno junto al otro, en un incómodo sofá de piel.

—¿Al Mago? Pero si es simpatiquísimo. Pídele un truco.

Mireya ocupó la tercera plaza del asiento. El Mago apresuró a Gina a sentarse a su lado, en el otro sofá. Ella obedeció como un cordero.

—Dígame qué le parece el nuevo *Código Penal* —le inquirí al sujeto con una vocecita alta y autoritaria que no sonaba como la mía.

El Mago estaba demasiado ocupado asomándose al escote de mi mujer como para recoger la estafeta de la pregunta. Atenazados por el parentesco que los unía con el malvado, los abominables Valerio no atinaron a socorrerme.

—Háganos un truco —rogó Alan con un dejo de niño imbécil que me hizo dudar de la salud de sus neuronas.

El hechicero rodeó los hombros de Gina con el brazo y le impuso las pupilas. Ella devolvió la mirada con una resignación que me estremeció. Era la resignación a la que se entregaba cuando mis reclamos amorosos eran demasiado intensos como para oponerles alguna excusa.

—¿Quiere un truco, señora? ¿Un poco de magia *verdadera*? ¿Está dispuesta a ser mi ayudante?

Reducidos al estado de fanáticos babeantes, los Valerio aplaudieron. Gina sólo atinó a asentir. Yo tenía los brazos hormigueantes, los pies pesados como estatuas de bronce.

—Véngase conmigo —ordenó la voz de ventarrón.

Se metieron a un cuartito junto al salón, en cuya existencia francamente no había reparado. Mireya hizo que nos resurtieran de licor los vasos y encendió la radio. Una estentórea música de baile nos tomó por asalto.

El Mago y mi mujer tardaron en regresar, pero cuando lo hicieron los recibimos con aplausos. Yo había bebido en exceso ya, o al menos me sentía muy ebrio. Alan Valerio hizo algo que nunca antes ni después le vi hacer: escupió dos veces en el piso. Mireya le mostró una sonrisa encubridora a la suciedad de su marido.

—Por desgracia mi ayudante, aunque espléndida, no posee ropajes adecuados para protagonizar los trucos que podríamos intentar. Así que le pediré que se quede sentada y les concederé a ustedes algo que rara vez acepto realizar fuera del circo. Voy a llamar a la nieve.

Gina bajó la mirada. Se estrechaba nerviosa las solapas de la chaquetita que había elegido por si venteaba en el regreso a casa. No hacía falta ser genio para notarle el aire de recién cogida.

Una ventisca me arrancó de la ira y la melancolía que ya me asaltaban. Los Valerio se abrazaban, aterrados. Mi mujer lloraba. Y en el centro de la sala y el remolino, el Mago le bramaba nuevas leyes a la naturaleza.

Lo hizo.

Hizo nevar sobre nuestras cabezas.

—Estás borracho —dijo mi esposa con fastidio, mientras se retiraba de las piernas los calzones empapados. Yo la había acusado de adulterio. Mis condiciones, ciertamente, no eran óptimas para vencer en la discusión. Había vomitado dos veces, la última sobre sus zapatos. La nevada me había provocado un episodio de fiebre que recrudeció mi monstruosa borrachera.

Sobre el muslo de Gina estaban marcados los rastros rojos de las uñas y los dientes del mago. Eso no podía ser un producto de la magia o el delirio febril. Quise decírselo, pero de mi boca sólo surgió un vómito negro.

—Llevas las cosas muy lejos —me dijo Alan, desinflado—. Yo también detesté al Mago un tiempo, al principio. Me parecía que era demasiado cariñoso con Mireya y mira que son primos. Pero lo superé con los años.

¡Los años!

Visitaba a los Valerio solo. Mireya se había retirado a dormir hacía ya una hora. Gina había optado por quedarse en casa. No habíamos cruzado demasiadas palabras amables desde aquella velada.

Colgada tras la cabeza de Alan, en la pared, resplandecía una foto familiar. El Mago tomaba a Mireya por los senos, como un amante, mientras Alan miraba a la cámara con mohín de bobo. A pesar de que le dirigí toda clase de miradas interrogatorias al respecto, mi amigo ni siquiera volvió la cabeza.

(Podría jurar que quien besaba a la novia en el retrato de bodas de los Valerio, colgado un par de metros más allá, era ni más ni menos que el Mago.)

—Estás sugestionado —apostó Alan—. Si el Mago fuera capaz de hacerle algo malo a Gina, nos habríamos dado cuenta de inmediato.

(Claro. Como te diste cuenta, a la velocidad de la luz, de que el Mago te embaucó mediante algún artificio para que no repararas en que se tomaba fotos obscenas a costa de ti y de tu esposa y las colgaba en la mismísima sala de tu casa.)

Decidí destruir al Mago.

No encontré libro de magia alguno en la biblioteca municipal y en el autoservicio sólo pudieron ofrecerme el nuevo *Código Penal* (me compré un ejemplar, por si las cosas con Gina empeoraban) o los cándidos delirios de los autores de libros para mejorar la autoestima de desempleados y fracasados. Tuve que entregarme a un recorrido lento y minucioso por esos macabros tendejones del centro en donde venden libros usados.

No tuve éxito al principio. Como si una sombra maldita caminara justo tras de mí y se encargara de que no pudiera distinguir el libro que requería en medio de las toneladas de basura deshojada, fui durante más de una hora incapaz de dar con nada que me pareciera digno. La sombra sólo desapareció cuando ingresé, casi por error, en una librería más ruinosa y oscura que las demás.

Un viejo, agazapado como un mono en el mostrador, me dio la bienvenida con una risotada poco respetuosa.

—Busco libros de magia —le dije con toda la dignidad con que alguien puede comunicar una intención tan fundamentalmente idiota. Él rio una vez más y me señaló el rincón, una montaña de papel amarillento y terroso.

—Diviértase —dijo.

La basura que elegí no fue muy barata que digamos.

Tuve que faltar a la oficina —soy contador en un negocio de telares— una mañana para acudir a un mercado y encontrar las hierbas que preveía la receta. Anoté los ingredientes —productos como arándanos, muérdago y algo llamado Hierba del Santo Casto— en una hojita de papel que entregué tímidamente a la gorda que atendía el puesto más discreto con que pude dar.

—¿Un amuleto para el amor? —me inquirió la mujer, con los carrillos hinchados de risa.

—Eso mismo —mentí.

En el libro, un vejestorio llamado *El Grimorio de los Vencidos*, se advertía especialmente sobre no avisar a ningún yerbero de nuestras intenciones destructivas: los yerberos suelen ser buenos amigos y hasta compinches de los magos.

Tuve que soportar que la mujer se paseara la lengua entre los labios y me ofreciera un ritual de sanación para la impotencia que ejecutaría ella misma sobre mi miembro por un costo apenas simbólico.

—No use demasiada Hierba del Santo Casto, porque va a matarla en lugar de calentarla —sonrió la mole al entregar mi paquete envuelto en periódico viejo.

No sólo esperé a que Gina se empujara el vaso de agua enriquecido con calmante con que había logrado conjurar el sueño durante las últimas noches, sino que di tiempo a que la pócima le hiciera pleno efecto y comenzara a roncar.

Subí entonces a la azotea, tembloroso, mis ingredientes separados en una serie de platos de peltre y la fórmula anotada en un papelito igual al que le había dado a la gorda del mercado. Lancé a los aires un conjuro enfático y asesino, mezclé el jugo de arándanos con el muérdago machacado.

Tuve que bajar de nuevo, porque había olvidado *El Grimorio de los Vencidos* en la sala. Además era necesario cortarle un mechón de cabellos a Gina para que el influjo del Mago la abandonara. El sentido del hechizo consistía en convertir a Gina en una suerte de trampa para cucarachas mágica: si el miserable del Mago Que Hace Nevar se le acercaba otra vez, la Hierba del Santo Casto acabaría para siempre con sus impulsos de galán.

Mi mujer roncaba. Un hilillo de saliva oscura le escurría de la boca. Parecía Madame Bovary un segundo antes de que le sellaran el ataúd encima. Tenía que rescatarla. Le corté el cabello necesario con toda facilidad.

Pasó una semana cuando vi el anuncio en el diario. Estaba anocheciendo, la jornada en el despacho había sido larga y pesada y Gina no había llamado por teléfono. Un mal día, otra vez. Hojeaba la sección de espectáculos en busca de la cartelera del cinematógrafo. Quería una película que me hiciera llegar tarde a casa y encontrar ya a mi mujer bajo el trance del agua calmante.

¡Regresa! ¡A la ciudad! ¡Por SÓLO unos días el único! ¡El sensacional Mago Que Hace Nevar! Búscalo, en exclusiva, ¡en el Circo de los Hermanos López Mateos!

(La profusión de admiraciones y la redacción misma del aviso indicaban que los López Mateos no eran precisamente los Machado.)

Era el momento para que se comprobaran los resultados de la receta del *Grimorio de los Vencidos*.

La receta fracasó. El Mago ni siquiera necesitó la complacencia de los Valerio esta vez. Volví a casa, tarde, dos noches después de que el aviso fuera publicado y encontré la luz de la salita encendida. Gina había sido siempre una compulsiva cerradora de puertas y apagadora de luces. Me inquieté.

Subí sin hacer ruido, los zapatos y el corazón en la mano. Estaban allí, en mi propia cama —pagada a plazos cuando apenas era un joven contador suplente—. Gina, compungida, abría las piernas a su seductor y cerraba los ojos con arrebato, como si esperara el disparo de un arma en la sien. El Mago Que Hace Nevar estaba sentado al borde del colchón, enrollándose tranquilamente los calcetines.

Otros habrían bajado por un cuchillo o irrumpido como leones en la recámara. Yo permanecí en el marco de la puerta, helado, como si me encontrara detrás de un muro. Casi juraría que el Mago me sonreía cuando se echó en mi lugar de la cama, plenamente cómodo, y mi mujer lo montó.

El Mago se fue, en un taxi, cerca de la medianoche. Yo pasé la madrugada en la azotea, entregado a la lectura febril: ora del *Grimorio de los Vencidos*, ora del nuevo *Código Penal*. Amanecí convencido de haber sido objeto de una estafa.

—Gorda de mierda. Esta no era Hierba del Santo Casto.

La mujer cerró los ojos con dolor, como si le hubiera asestado un golpe. Y se cubrió la cabeza con las manos como si esperara uno más.

—¿Sabes cuál fue el resultado? Bien que lo sabes, gorda de mierda. ¿Cuánto recibes del Mago? Dame hierba verdadera o te mato. Te mato. Nadie me daría la pena máxima por matar una estafadora gorda como tú.

La mujer, llorosa, ofrecía toda clase de excusas: el puesto en realidad era de su padre, ella no sabía distinguir la Hierba del Santo Casto de la inocua Raíz de Huevo, jamás nadie se había quejado de la sustitución... En esas estábamos cuando apareció el viejo. No lo reconocí como el dueño de la librería apestosa en donde había comprado el *Grimorio de los Vencidos* hasta que escuché su risotada.

—Así que le dieron una hierba mala. Déjeme ver. Tendrá su Santo Casto. Pero el hechizo hay que hacerlo de nuevo desde el principio, no lo olvide.

Era, cómo dudarlo, un viejo de fiar.

Repetí con euforia el hechizo esa misma tarde, aprovechándome de que Gina parecía cada vez más afectada y a su sueño químico de la noche había agregado ahora una siesta vespertina de más de dos horas.

Me reporté enfermo en el despacho —había asistido sin faltar, con excepción de mis recientes visitas al mercado, durante once años; tenían que ser tolerantes— y me aposté en la azotea a acechar la llegada del Mago, que solía producirse entre las ocho y las nueve y media de la noche.

El *Grimorio* contenía una serie de oraciones malvadas que repetí mentalmente durante horas. Si me aburría, me levantaba a orinar en la coladera del lavadero o me detenía junto al tinaco para releer pasajes apropiados del *Código Penal*. Mi cálculo era que si el Mago Que Hace Nevar o Gina morían en la refriega que se aproximaba, tenía a la mano las suficientes pruebas para recibir una condena menor, unas de las destinadas a los criminales dominados por las pasiones.

El Mago apareció pronto, dominado por una avidez incontrolable por la carne de mi esposa. Mientras bebía el whisky que Gina le servía ritualmente antes de ser penetrada, tuve la ocurrencia de llamar a los Valerio.

—Qué milagro —dijo Mireya, con alguna malicia, al responder.

—Voy a matar a tu primo —le informé.

—Pues muy bien. A ver si vienen a cenar pronto. Los extrañamos. Eran cenas muy entretenidas.

—Si no lo mato, al menos la Hierba del Santo Casto lo va a dejar impotente.

—Nosotros también. Cuídense.

Escuché un grito. Luego otro. No era el placer de Gina sino la rabia del Mago. Lánguidamente, bajé.

Corría por el pasillo del piso superior, desnudo a excepción de un par de calcetines grises y arrugados, las manos acunando su miembro en llamas. Se contoneaba como un gusano. Gina corría tras él, desnuda como cervatilla, las manos estrujándole los cabellos.

—Es Hierba del Santo Casto. Ya sabes que estás condenado.

El Mago recurrió a todo su poder para conseguir ponerse de pie. Resoplaba. Ni siquiera en esa instancia última me concedió una mirada. Se deslizó dolorosamente por el barandal hasta dar con la puerta.

Un taxi se materializó en la calle y el Mago lo abordó. Gina se derrumbó en las escaleras. Lloraba. Me senté a su lado y la abracé. Tenía la piel fría como nieve.

Hay desgracias que nos hacen recuperar un asomo de dignidad. Cuántos hombres deben hartar su paladar de los sabores pútridos de la ignominia antes de recobrarse.

Visité la tumba de mis padres con el acostumbrado ramo de flores. Nunca les he hablado, pero el *Grimorio de los Vencidos* incluye alguna receta para contactarse con los muertos. Quizá podría emplearla. Quiero pedirles a mis viejitos algún nuevo consejo sobre el frío.

Hace tiempo que no se ven avisos del Circo de los Hermanos López Mateos en los periódicos. Tampoco hemos regresado a las cenas de los Valerio. Alguien me dijo que se están divorciando, pero ese tipo de rumores me tiene sin cuidado.

Mi vida con Gina ha mejorado desde que la Hierba del Santo Casto me la regresó. Ahora no debo recurrir a ninguna estrategia para poseerla. Se diría que mi contacto le es balsámico.

Cada vez que la poseo, sucede algo notable. El aire de la habitación se congela, de nuestras bocas mana un vapor gélido y nuestras pieles azulean. En alguna ocasión, lo juraría, ha estado a punto de nevar.

Historia

1. Haría mal explicando los motivos profundos que movieron a los invasores, porque no los conozco. Pero me gusta especular. Viví durante años de espaldas a los diarios y la política, la cabeza metida en las calles como en una cubeta de agua. Eso sí: sé qué películas quiere ver la gente, sé qué juguetes compran los niños. Conozco el tipo de camisas que hay que comenzar a producir en serie para los pobres porque las usan los ricos. Sé todo lo que se vende y gran parte de lo que se compra, pero ignoro los rostros y nombres de quienes nos gobernaban, de quienes nos gobiernan.

2. Entiendo que el tráfico de drogas, el contrabando de órganos, el secuestro y homicidio de extranjeros, el estado de anarquía que priva en el país y la migración masiva de miles de parias fueron una cereza tentadora para las bocas del enemigo, que pensó en meterse a fuerza a la casa y apoderarse de lo que pudiera mientras nadie controlaba la puerta.

3. No es simple explicarles a los ciudadanos de un país que debe mandarse un ejército a imponer la calma en un territorio vecino. A la antología de esos pretextos la llamamos Historia Universal.

3.1. Yo soy solamente el dependiente de un puestecito de *novedades* (artículos sin nada novedoso que justifique el mote) en el mercado, pero estudié dos semestres de Historia en la Universidad. A comparación de los vendedores de los puestos vecinos (uno de ellos me saluda todos los días con las manos llenas de joyas robadas), soy prácticamente un sabio. Leo. Apláudanme. Gracias.

3.2. A mi país le gusta pensar que vive al margen de la Historia del planeta. Nuestros libros apenas hablan de otra cosa que no sea nuestra vieja y desastrosa Historia.

3.2.1. Nuestra Historia es una continua procesión de invasiones, unas cruentas, otras cómicas. ¿Por qué tendría que haber mejorado nuestra suerte? Apenas pasaron cien años sin que fuéramos invadidos —el siglo había convertido en estatuas sin interés a todos los que pudieron advertirnos de la maldad de los extranjeros— y ciertas personas daban por sentado que jamás volveríamos a serlo, que nuestras fronteras se mantendrían altivas, impenetrables.

4. Fuimos invadidos por primera vez hace tantos siglos que ni siquiera había un país esperando a los invasores. Desde el primer minuto del nacimiento de la nación estuvimos sometidos al capricho de los conquistadores: nuestro territorio es el pedazo de tierra que los conquistadores conservaron en su lucha con otros como ellos, otros quizá más perversos.

4.1. Los conquistadores, solía decir mi madre, eran hombres blancos como los de mi familia. Deberían ser también equivalentemente ineptos. En cualquier caso acabaron mezclándose con la población nativa y los esclavos y formando esta raza malsana, blanca y morena y negra, que veo por las calles, de la que formo parte aunque mi madre sostenga que nos parecemos a los conquistadores.

4.2. Jamás un extranjero me ha tomado por uno de ellos. Alguna miseria en mi porte, en mis ropas, debe advertirles de mi naturaleza.

4.3. En el mercado me llamaron durante años el *Güero*, porque antes se lo habían dicho a mi padre, un carnicero de ojos claros que había aprovechado su pinta refinada para echarse encima de todas las mujeres del lugar: morenas, fofas o pálidas.

4.4. Mi madre vivía encerrada en casa, simulando padecer toda clase de males respiratorios. Parece haber vivido unos cuantos años tranquilos así, quejándose del clima y los malos modales de la sirvienta, aliviada de responsabilidades conyugales. Mi padre llegaba a casa tan cansado de yacer con puesteras que no volvió a ponerle una mano encima.

5. La mayor invasión extranjera de nuestra Historia terminó con la pérdida de la mitad del territorio nacional. La siguiente fue apenas un encontronazo que dejó unos cuantos muertos por lado: una turba se había comido los bollitos de un panadero extranjero y este pidió ayuda a su gobierno, que envió una expedición punitiva. Una tercera impuso un gobierno durante unos años y convirtió (de membrete) esta ruina de país en un Imperio.

5.1. Aquello debió resultarles tan increíble a los habitantes que se rebelaron en masa.

5.2. Uno acepta pasar hambres en una simple república, pero de un Imperio se espera la salvación terrenal y no la perfección de la miseria. (De acuerdo: eso lo pienso sólo yo, que en el fondo añoro el Imperio, su boato y estupidez esencial.)

5.3. Los rebeldes derrotaron con muchos trabajos a los invasores, fusilaron al emperador y fundaron una república torpe, corrompida y lánguida, pero al menos coherente.

5.4. A quién se le ocurre llamar Imperio, *su* Imperio, a nuestro pantano.

6. Una de las consecuencias más interesantes de aquella tercera incursión extranjera fue que los soldados invasores, rubios y de grandes mostachos, engendraron —hipotéticamente— cientos de hijos en el país. No sé si es posible que tuvieran tiempo o fuerzas como para dedicarse a violar a tantas mujeres pero, a partir de su marcha, cada niño rubio que nacía le era atribuido a los coitos irregulares de las nativas con soldados extranjeros.

6.1. Muy probablemente tales casos, si los hubo, fueron aislados y minoritarios, pero sonaba muy divertido enunciarlos y los aludidos se ofendían a tal grado —después de todo, los estaban llamando bastardos, palabra que tenía un peso específico dentro de los insultos de la época— que la versión se convirtió en Historia.

6.2. Es probable también que mi madre se casara con mi padre imaginándolo descendiente lejano de algún olvidado coronel invasor.

7. Cada vez que hemos tenido una guerra civil, siquiera en escala de conato, alguien se apresura a invadirnos. En nuestra última revolución, por ejemplo, tres expediciones diferentes entraron al país y capturaron provincias enteras sin encontrar resistencia o topando solamente con una oposición simbólica.

8. Yo estudié en una escuela que llevaba el nombre de unos de los héroes que quiso resistir una de aquellas expediciones y fue por ello muerto. Era, naturalmente, una fea escuela pública. Mi padre tenía el dinero necesario para enviarme a un colegio lleno de niñas de trenzas rubias, pero se negó a cumplirle a mi madre el deseo. Fui inscrito en una primaria federal.

8.1. Un compañero, en tercer grado, llevó a la escuela una revista ilustrada que me reveló el misterio del coito, al que jamás había dedicado un minuto de reflexión. El padre del culpable debió asistir a una junta con la maestra y un psicólogo escolar que fue enviado especialmente por el inspector de la zona. Todo había sido un error lamentable, dijo el hombre, su hijo se había llevado sin permiso aquella revista de casa. La maestra y el inspector guardaron un silencio aterrado. Se decidió amonestar verbalmente al niño y olvidar el asunto.

9. Mi padre, supe después, era amigo de aquel hombre asombroso que aceptaba serenamente tener lleno de pornografía el revistero. El hombre atendía un puesto de crema y queso junto a nuestra carnicería. Era un sujeto calvo, parlanchín. Como único rasgo notable, solía beberse todos los viernes una botella entera de licor de plátano mientras escuchaba la radio.

9.1. Tenía una hija bajita y morena con un par de senos inmensos. Ella fue mi primera novia, la primera a la que toqué con alguna certeza de lo que hacía.

9.2. Un viernes, mientras su padre ingería su licor y tarareaba sus canciones, ella me condujo a la bodega del negocio, que tenía acondicionado el segundo piso como oficina. El cremero no cedía la copia de la llave ni a Dios, pero mi novia la obtuvo clandestinamente: había decidido aprovechar el segundo piso para consumar lo que habíamos comenzado e interrumpido tantas veces en rincones oscuros.

9.3. Espejos en todas las paredes y una cama roja: el aspecto era tan equívoco que nos infundió pocos ánimos. Abrimos un cajón y lo encontramos lleno de botes de lubricante. En un segundo cajón estaban los arreos de cuero. Mi novia fue a buscar un vaso de agua y volvió demudada, con un aparato dorado en las manos. Vibraba.

9.3.1. En un cajón final encontramos las fotos de su padre siendo sodomizado (con el aparato dorado) por una mujer a quien ninguno de los dos conocíamos. Nos fuimos a consumar nuestro idilio a otra parte.

9.3.2. Años después, cuando el cremero había muerto y mi novia y yo habíamos dejado de dirigirnos la palabra —ella me engañó con un inspector municipal y yo a ella con una vendedora de electrodomésticos— supe que conservaba intacto y en uso el segundo piso de la bodega.

9.3.3. La caja del vibrador dorado, por cierto, estaba encima del escritorio, bien a la vista, en aquella cruza de oficina y mazmorra. El aparato era extranjero y se llamaba *The Pleasure Invader*.

9.3.4. Es decir: El Invasor Placentero.

10. Algunas personas sostenían que era imposible que fuéramos invadidos de nuevo. No fue así: de hecho, hemos sido invadidos de nuevo.

11. Lo que pienso, en cuanto sé que el primer soldado extranjero ha cruzado la frontera del norte, es

que los hombres fantasearán con que él o sus colegas violen a sus esposas y novias y hermanas y vecinas o ellos mismos a punta de pistola.

12. Decido asomarme a los diarios en busca de noticias. Visito los bares. Pago tragos, lo mismo a fastidiosos incontrolables que a hombres resecos y entregados al mutismo. Debo escuchar a un idiota declarar que sus abuelos eran rubios, «tenían aire de provincia» y eran descendientes de invasores.

12.1. Alguien, un joven y obeso profesor con mucho whisky en las venas y presunciones de sabiduría, me envía a leer a Shakespeare. Tengo la sangre fría de meterme a una biblioteca, pedir el ajado ejemplar y dar con la cita. *Las damas de Francia esperan que seamos desplazados para ofrecerse a los ingleses y restaurar Francia con hijos bastardos.* Tal cosa dice el Delfín. Tal cosa temen y desean todos en el país. Quieren niños rubios, aunque sean de otros.

12.2. Corroboro mi teoría. ¿Cuál es mi teoría? Que a mis compatriotas los excita la posibilidad de que los extranjeros les quiten a sus mujeres. No puede saberse por ahora si la fantasía les encogerá los testículos o si, por el contrario, les causará palpitaciones demoniacas.

12.3. Salgo a la calle. Ofrezco pequeñas sumas de dinero a colegialas con apariencia de haber alcanzado el dominio de la química orgánica a fuerza de felaciones, ofrezco ayudar con las bolsas del mercado a matronas malhabladas y altaneras, ofrezco cigarrillos en los cafés a treintonas en busca de un hombre que las lleve al cine. Descubro que la mayor parte de las mujeres no están interesadas en los extranjeros, que siguen pensando en sus novios, maridos, amigos. Quizá, como las hembras de ciertas tribus salvajes, no se sientan merecedoras de nada más que de un macho de su estirpe. O quizá sean sinceramente indistintas a la ambición. Un matiz: a todas les gustan los niños rubios.

13. Los soldados extranjeros son pálidos, altos y estúpidos. Pero su fiereza hace irrelevante la estupidez. Son veloces para avanzar y disparar. Leo en una revista (he comenzado a leerlas) que son, por otro lado, sujetos sensibleros que mandan retratos a su casa cada semana, que tiemblan de miedo en sus tiendas de campaña cada noche y que sueñan anémicamente con que las muchachas del país les abran los brazos, sonrían, los conduzcan a un lecho arrebatado y los hagan gemir.

13.1. Otros mandan a sus amigos fotografías de nativas desnudas, con trenzas y bocas ávidas y vulvas como gatos negros.

13.2. Los extranjeros dicen que van a reestablecer el orden en el país. En sus programas de televisión, los soldados aseguran que lo que buscan en la vida es el amor y la felicidad. Eso significa que están dispuestos a disparar a todo lo que se mueva con tal de salvar sus comodidades futuras.

13.3. O quizá, como Aquiles, aprendan a leer el amor en las miradas postreras de las chicas que matan. (He vuelto a la biblioteca y no me avergüenza decirlo. Que se apene la gente que escucha la radio mientras se embriaga con licor de plátano.)

13.4. Las primeras operaciones invasoras son de una velocidad inesperada. Nuestro ejército deserta en masa en la frontera, luego de tres desastrosas escaramuzas.

13.5. Cuando la gente abuchea el paso de los reclutas forzosos que son enviados a sustituir a los traidores, no sospecha que quizás aquellos sujetos aterrados se convertirán en héroes populares al paso de unos siglos.

13.6. Nunca se sabrá con precisión si algunos de ellos, los más bélicos, son miembros de las guerrillas existentes o si es que algún espíritu santo transmutará su alma de camino al norte, pero las unidades de reclutas eluden el avance de las columnas enemigas, atacan con saña un puesto fronterizo (cuelgan a los centinelas por los pulgares) y se internan en territorio extranjero.

13.7. La imaginación popular asegura que formarán una guerrilla en el país invasor y hostilizarán con éxito poblaciones enemigas. Yo sospecho, por haberlo oído del padre de un recluta en una cantina, que la mayor parte de ellos se dedicará a otras cosas: jardineros, plomeros, electricistas. Y si conservan el ímpetu guerrero, será tan sólo para convertirse en criminales.

13.8. El país queda, pues, indefenso. Los soldados extranjeros forman pequeños contingentes para controlar cada ciudad de mediana importancia. Su general en jefe recibe los poderes de gobierno de manos de nuestro presidente menos de un mes después del comienzo de la invasión.

14. La ocupación había sido predicha por pensadores de izquierda, según me cuenta un entusiasta, hace ya setenta y cinco años. Quienes emitieron la sentencia han muerto, pero sus descendientes se apresuraron a reclamar la gloria de la precognición de sus antepasados. Qué abnegación, pronosticar durante siete decenios y medio, sin falta, lo que sucedería y no ser atendidos jamás.

15. Mi padre nunca intentó inmiscuirse en política: se limitó a cortar carne en su local y a votar por los candidatos perdedores en cada elección convocada.

16. Han llegado los invasores. El tanque, voluminoso y verde, ocupa la calle. El puestero vecino corre y me llama a seguirlo. Alguien apaga las luces del mercado. Un portazo y luego la oscuridad. Mi torpeza, acrecentada por el miedo, hace que me enganche en el metal de la escalera. El miedo a caer. El miedo a quedarse. Hay un tanque frente a la puerta y escuchamos los chirridos del cañón al adoptar la posición de tiro. Está centrando la fachada del edificio en la mira.

17. El muchacho que me ayuda en el puesto no vino. Ni siquiera el día del Apocalipsis es capaz de aparecer cuando se le pide. Los comerciantes y clientes, hermanados por una vez, huimos. Mientras nos deslizamos entre pasillos y portones imagino que alguna de nuestras colegas, alguna de las chicas que venden jugos, por ejemplo, estará ya detenida, que será desvestida por manos pálidas e indistintas y entregada a los vicios de los soldados. Cabellos rubios y fauces rojas.

17.1. ¿La violarían aunque fuera rubia? Alguna de las chicas de los jugos era rubia. Lo recuerdo.

18. Escalamos a los tendederos de un edificio vecino y nos ocultamos entre las ropas. Al final de un pasadizo conformado por sábanas y calzones hay unas escaleras que descienden a la calle de atrás. Si hay suerte, no veremos otro tanque esperando de aquel lado. Si no, nos detendrán y matarán quizá. Aunque no he podido dejar de pensar que soy blanco y deberían respetarme. El puestero que me acompaña no es blanco. ¿Lo abandonaré? ¿Llamaré a los invasores y les diré: «Como podrán observar, mi amigo no es como nosotros»?

19. Dicen que cuando están cerca los extranjeros, siempre huele a lo mismo, al blanqueador de sus uniformes. Incluso su mierda debe oler a blanqueador.

19.1. Los invasores son altos, fornidos, y más limpios que nosotros. Pero no van a alcanzarnos. Bajamos las escaleras metálicas al trote. No es momento para la discreción y nuestros pies resuenan. No hay tanques. Despunta la esperanza al fondo de la garganta cerrada.

19.2. El puestero cruza la calle en tres zancadas y se lanza por una callejuela convenientemente oscura. Lo sigo, sin aliento, moviendo los pies porque cómo se les detiene cuando uno teme ser acribillado.

19.3. La de los jugos estará desnuda en manos de algún artillero, en la trastienda de una verdulería, con las faldas en el cuello.

19.4. Creo que si pudiera correr a casa de mi padre, este sería un buen momento. Pero me sofocaré antes, caeré muerto sin necesidad de que me disparen. Ya siento el dolor mortífero naciéndome entre las costillas.

19.5. «Deja de voltear», me gruñe el puestero, dos metros por delante de mí. Tengo las cintas de los zapatos desamarradas y cualquier persona sensata me daría un minuto para anudarlas antes de proseguir. Lloro. No puedo evitarlo, como no puede evitarse morder las heridas en la boca una y otra vez hasta que vuelven a abrirse.

19.6. Una nube de cristal y polvo avisa que el tanque ha volado la fachada del mercado. El estruendo llega un segundo después y nos derriba.

19.7. Imagino que aparecerán en cualquier momento los invasores, con sus rifles de precisión, que comenzaré a escuchar el silbido de los disparos junto a la cabeza y se marcarán pequeños cráteres entre mis pies. Pero no aparece nadie y nos perdemos por la callejuela y no me detengo aunque soy blanco, no me detengo hasta que el puestero trastabilla y encontramos otro edificio donde meternos. Hay decenas de bolsas de basura destripadas en la entrada, como leones de piedra que custodiaran el paso.

20. Escuchamos el zumbido de los helicópteros. Con fatiga, resoplando como ancianos, subimos los escalones. Tocamos una puerta, cualquiera. Nadie nos abre. Un potente olor a blanqueador infecta el aire. Serán ellos, que llegan. Como todos aquí, estamos perdidos, entre los pies de página de esta torpe república.

Héroe

Resuenan disparos en la lejanía con necia persistencia. Calles oscuras y desiertas rodean la casa. Los grillos alardean. El viento estrella las ventanas contra sus marcos. Los seguros que deberían haberlo evitado están rotos. La casa es una ruina y yo, metido a fuerzas por la ventana, soy aquí el invasor.

Después de dos horas de forcejeo, he conseguido que la radio funcione si la mantengo fija en cierta posición diagonal con respecto al marco de la ventana. Un rayo de luna atraviesa las brumas e ilumina la carátula del aparato, deslumbrándome.

—*Ha comenzado la retirada* —dice la voz espectral que emite las noticias.

Se van, invictos pero derrotados.

Devuelvo la radio a la mesa y la señal se interrumpe. Camino con parsimonia a la cocina y rebusco entre los estantes hasta dar con un vaso. Le sacudo la polvareda que lo ocupa y trato de enjuagarlo en el lavamanos, del que sólo mana un escuálido hilo de color marrón.

Termino limpiándolo con los faldones de la camisa y me sirvo el contenido de una jarra que quién sabrá cuándo fue servida, por qué mano inimaginable, quizá la de alguien ya muerto, quizá la de alguien roto en el fondo de una mazmorra.

Decido volver a la ciudad. Me echo a la espalda la mochila y salgo a la calle, el revólver metido en el bolsillo del pantalón, al alcance de la mano. Mis botas raspan la superficie rota del pavimento y hacen rodar las piedrecillas a su paso. Provoco una modesta marcha militar sincopada al ritmo de mi cansancio.

Tengo hambre. La ciudad, al menos la parte de ella en la que soy capaz de reconocer las calles, está a más de una hora de caminata bajo las estrellas. No veo rostros en ventanas o puertas, no veo luces en las esquinas. Están todos escondidos, temerosos de las balas y las botas de los invasores.

El primer ser vivo con que me topo es un gato que se relame en una barda, indiferente al clamor de disparos que ha sido nuestra música desde la invasión.

Unos metros después escucho, no llego a ver, los pasos sutiles de alguien que huye, un niño o una pequeña mujer quizá que se escabulle del ruido seco de mis botas. Me llevo la mano a la cara para limpiarla de sudor. Estoy sucio y la compañía de mi propio aroma no resulta cómoda. Debo rasurarme estas barbas espinosas en cuanto logre dar con un baño con agua caliente, si es que alguno queda en la ciudad.

Debe haberlos, pienso, debe haber baños calientes por cientos en las zonas donde los invasores establecieron sus cuarteles y confraternizaron con habitantes aterrados o arribistas que los alimentaron, sirvieron la cena a los generales y permitieron que sus hijas bailaran con los capitanes y se dejaran arrastrar a habitaciones oscuras para ser apretujadas contra las paredes o tendidas en los lechos, que les vendieron comida y ropa o se las obsequiaron, que se acercaron a ellos para delatarnos, incluso si la invasión nos resultaba indiferente, si considerábamos a nuestros propios príncipes tan indeseables como quienes los sustituyeron.

Alguien debe estar de pie ahora mismo en los barrios del oeste de la ciudad, pistola en mano, exigiendo a los habitantes, otra vez temblorosos y acomodaticios, que le franqueen las puertas de su baño y le envíen a su hija cargada con ropa y alimento. Y, cómo dudarlo, lo obtendrán. Quién rechazaría una cena y un baño y una cama limpia ahora, aunque acabara de emerger de la más vigilada celda de la república por culpa de su anfitrión.

Al fondo de la calle veo la primera farola encendida de la noche. Dos hombres oscuros me marcan el alto en una esquina. Ambos, como yo, desarrapados. Sus armas son un trapo relleno de ladrillos y una rama de árbol tallada para figurar garrote.

Levanto mi pistola y les hablo. Comprenden que no soy un invasor y se acercan con júbilo.

—Usted es de los *rebeldes*.

Debería desanimarlos. Jamás combatí contra los invasores. Lo que hice fue escapar como la hormiga que regresa al nido y lo encuentra aplastado a pisotones por un niño. Pero estoy cansado y me exhibo como un titán: levanto la manga de la camisa y muestro la cicatriz.

Su respetuoso silencio indica que han creído que la herida —provocada al caerme en una de mis habituales escapatorias, hace ya meses— es una condecoración. Les indico que me sigan. Podrían ser útiles si nos encontramos con alguna patrulla extraviada o morosa, útiles para que reciban los disparos mientras escapo. Me escoltan con euforia, esgrimen los ladrillos y el agrietado garrote. Yo me he dejado la pistola en la mano, fuera del bolsillo, como símbolo irrefutable de autoridad.

El estruendo de un avión nos sorprende en la primera calle con asfalto. Saltamos a guarecernos detrás de unos cubos desbordantes de basura. Pero lo que oímos no es el veloz latigazo de un bombardero, sino el crujido de un pesado transporte de tropas del que no vemos realmente más que las características lucecitas en las alas. No veía uno así desde que se produjo la invasión.

Debe ser cierto, entonces.

Se van.

La calle está llena de niños y jovencitos flacos, sin camisa, cuando salimos de nuestro escondite. Nos descubren y se acercan con lento azoro.

—Somos *rebeldes* —dicen con jactancia mis hombres.

Los niños nos ovacionan. Alguno corre a su casa y vuelve con un jarro de agua fresca del que bebemos por turnos. Permito que mis hombres beban primero y ellos me observan con devoción. Cuando sacio mi larga sed somos aclamados. Levanto la pistola en señal de despedida y reanudo la caminata. Siempre al oeste.

Diez de los niños más crecidos comienzan a seguirnos, armándose con lo primero que encuentran: tubos, piedras, el asta de una haraposa bandera nacional que una mujer reseca nos ofrece desde un portal oscuro, derruido. Alguien me propone que enarbole el lienzo, pero fungir de abanderado me impediría utilizar la pistola y me convertiría además en blanco principal de cualquier invasor que nos topáramos.

Así que decido anudarme la bandera al cuello, a modo de capa.

Será mejor que sólo la miren quienes marchen a mi espalda.

Les servirá de consuelo.

Nuestro rítmico paso es aplaudido por un grupo de viejos reunidos bajo un árbol, al parecer para desvalijar un automóvil. Al acercarme, descubro que es

uno de esos blindados con que los invasores patrulla-
ban esta zona de la ciudad. No tiene señales de violencia, quizá sólo se le terminó el combustible y el
conductor logró escapar ayudado por algún compañero antes de la retirada.

Uno de los viejos golpea el cofre del vehículo con
un palo sin hacerle mella. Ni siquiera ha logrado ara-
ñar la bruñida superficie del metal. Le indico con un
gesto que se detenga y sus compañeros, fascinados
por mi suciedad, la bandera a mi espalda y la corte
de harapientos que me exalta, se retiran.

Con un gesto, mando que mis niños recojan
ramas y hojarasca y las apilen sobre el cofre y junto
a las llantas. De dos saltos, y con cierto dolor para
la espalda, me encaramo al techo de la máquina.
Mis acólitos prenden fuego con bastantes trabajos al
basural, pero segundos después las lenguas rojas chupetean las puertas y los neumáticos se contraen y des-
inflan. Mi auditorio lanza gritos retadores y aplaude
cuando las llamas colapsan uno de los vidrios. Ya
hay una multitud a mis pies. Levanto los brazos y
soy deliciosamente aplaudido. Lanzan gritos salvajes, gritos refrenados durante meses inagotables por
el miedo.

Aparece un automóvil. Dos jóvenes pálidos, sonrientes y bien vestidos bajan de él. Uno de ellos usa
una grabadora y comienza a hacer preguntas a quienes danzan alrededor del vehículo y las llamas. Ellos,
leales, me señalan a mí las suficientes veces como

para que el de la grabadora comprenda que soy el líder, que tendrá que hablar conmigo. El otro tiene una cámara con la que ya me ha enfocado, surgiendo del fuego y la humareda, la bandera en la espalda, como adalid de una causa muda hasta mi aparición.

Repentinamente, comprendo lo que se espera.

Las llamas han alcanzado la capota del blindado sobre el que estoy de pie.

Y bramo.

Y salto.

Y vuelo.

La bandera revolotea a mi espalda como una capa.

Me retratan en el momento exacto.

La imagen, su épico azar, alcanzará los libros de historia.

Ars Cadáver

—Es una pieza notable —dice Ugo con vocecita arrogante de *connoisseur*—. Míralo: es un zapato que encontré en el metro Partenón. Pertenecía a una chica que se arrojó al paso de los vagones cuando supo que no había conseguido plaza en la Universidad. ¿Notas la mancha púrpura en la suela? No, por supuesto que no es sangre, la sangre estaría negra a estas alturas *y apestaría*. Es acrílico rojo para figurar sangre, es *mi* toque, ese toque que Éctor *no agrega*, porque él exhibe las cosas *tal como las encuentra*, ¿verdad?

Éctor está cruzado de brazos y ofrece un gesto mínimo de fastidio. Es tan delgado como Ugo y resulta arduo diferenciarlos debajo de sus sombras de rímel y sus estrechos ropajes color cobre. Debería distinguirlos, Ugo es mi hermano y Éctor sólo su socio y hace pocos meses que vive en el Taller. Pero no suelo distinguir a los habitantes del Taller en más categoría que quién tiene senos y quién no.

—En cambio —refuta Éctor, y me doy cuenta que lo hace como un nuevo movimiento en el ajedrez de una discusión que antecede mi llegada—, esta calzaleta la encontré en un lugar no especificado. *No sé* a quién pertenece *ni me interesa* si fue usada por un pie femenino o uno infantil. Es un objeto en sí mismo, un orbe cerrado al que sólo podemos espiar por la ranura de un compartimento.

—¿Decidiste *ponerla* en el compartimento? —inquiere Ugo, trabados los dientes y alarmada la voz.

—¿Un lugar no especificado? —digo yo, que soy un poco lento de reacciones.

—No especificado. Jamás diré dónde encontré la calzaleta, porque la estaría *cargando de anécdota* y despojándola de su individualidad en cuanto a objeto. Y sí, *la meteré* en el compartimento y *tendrán* que verla por medio de un telescopio.

—¿Telescopio? ¿*Cómo puedes…*?

Alguien abre la puerta de madera con violencia, y su cuerpo esquelético anuncia que es Hana, actriz consumada, y su ropa color cobre agrega que es administradora del Taller y novia de Éctor.

—Éctor *va a meter* la calzaleta al compartimento. Y además *va a usar* el telescopio —denuncia Ugo en cuanto la ve, con premeditado acento bélico.

Pero a Hana le estremece los hombros un ligero temblor y curva una de sus manos hacia el rostro con ademán desolado.

—Vengan al congelador, vengan, por favor vengan. *Húrsula está muerta.*

Hana se abraza a sí misma y aprieta los ojos como si fuera a llorar. Éctor y Ugo intercambian una mirada de fatiga. Hana contempla a los dos sujetos vestidos de color cobre que la miran sin aprobación.

—Convicción —dice Ugo—. Te falta convicción. No te creí nunca, ni por un momento.

—No —corrige Éctor—. El problema es que fuiste excesivamente melodramática. Si Húrsula apareciera muerta no podrías llorar ni te pondrías así. Quizá te daría un ataque de risa o quizá escupirías. El subconsciente es materia *totalmente impredecible*.

Hana se recompone en un instante, enciende un cigarro y cuando se da cuenta de que le estoy ofreciendo un vaso de agua sonríe durante un largo instante. Su mano es tibia. Ingiere el líquido de un trago.

—No me interesa el realismo —susurra, con la voz ya serena—. Me interesa comprobar las reacciones ante el episodio estético del anuncio de la desgracia. Uno no tiembla ante el hecho mismo, sino ante su narración. Si veo morir a mi madre, me encojo de hombros. Pero si me dicen que ha muerto, me derrumbaré…

Recorro el oscuro pasillo de madera que lleva al sótano donde se encuentra el congelador. Húrsula yace, sin parpadear, bajo las compuertas transparentes de plástico, los brazos cruzados sobre los desparramados pechos, enfundada como una longaniza en sus ropas de color cobre. Húrsula no es bella, pero mi hermano asegura que es buena en la cama.

—No le creyeron a Hana —aviso.

No hace un solo gesto, pero una vena inmensa le salta en la sien y una lágrima cae desde su ojo derecho, descendiendo a lo largo de su fofa mejilla hasta perderse cerca del nacimiento del cuello. Su rostro comienza a descomponerse. Está furiosa.

—¿No vendrán? *¿No vendrán?* ¡Pero si llevo todo el día metida en Ars Cadáver! —tal es su protesta.

—Lo siento.

—Puedes irte —dice sin abrir los labios.

El Taller es la casa en la que vivíamos cuando éramos chicos, una anticuada mansión que nuestro padre olvidó vender y nuestra madre nunca decidió redecorar. Cuando Ugo entró a la escuela de arte —en la época en que era simplemente Hugo, y Éctor era sólo Héctor y Ana y Úrsula no habían agregado aún las haches iniciales a su nombre—, nuestros padres le propusieron que la utilizara como estudio. Ugo se negó, porque la casa se encontraba en el centro y el centro era una zona devaluada entonces, pero un par de años después volvió a resultar aceptable y Ugo recapacitó.

Sacamos del desván alfombras, lámparas, muebles y aparatos pasados de moda y decoramos el caserón, necesariamente, en el estilo de la época en que nacimos: cortinas estampadas, tapetes floridos, fotografías enmarcadas sobre las mesas, libros de arte editados por los bancos en los libreros. Ugo invitó a sus amigos para que se instalaran en la casa y, pronto, el Taller contó con una buena cantidad de abonados: artistas, actores, músicos, un hombre de unos cuarenta años que terminó por confesar que era veterinario y no tenía dinero para un alquiler, y un tipo de enmarañada barba que pintaba acuarelas y hacía confusos experimentos con electricidad.

El acuarelista desapareció luego de unos meses —nadie en el Taller lo tenía en la menor estima—, pero dejó como herencia el congelador, una amplia nevera horizontal en la que cabía un cuerpo humano recostado como en un ataúd, que fue bautizada por la comuna como Ars Cadáver. Cuando alguno de los habitantes del Taller se cansaba de la tumultuosa vida de la casa, se introducía en Ars Cadáver, cerraba la compuerta y meditaba a placer sobre las incomodidades de la muerte.

La mayoría de los abonados del Taller vivía en la planta baja, aunque se les permitía subir a los salones principales los fines de semana o las noches en que la discusión sobre alguna pieza particular causaba que las frecuentes pugnas entre Éctor y Ugo alcanzaran niveles de violencia notables —*verbigracia*, la ocasión en que Éctor le arrojó a Ugo un vaso de cocacola e intentó luego hacer que metiera los dedos a un contacto de electricidad.

Formados en dos líneas opuestas de *contemplativos* (aquellos que no sabían dibujar ni querían aprender) e *hipotéticos* (aquellos que sabían, pero no les daba la gana ponerlo en evidencia) los habitantes del Taller votaban a favor o en contra de las posiciones de sus líderes. Los *hipotéticos*, encabezados por Éctor, eran más numerosos, y generalmente salían triunfantes en las votaciones.

Por la mañana, Ugo hace bromas sobre el aspecto desvelado de Éctor y Hana, pero ellos confiesan que no, que anoche estaban tan cansados que no hicieron nada.

—Además, el bote de lubricante *estaba vacío*. No puedo creer que compráramos un bote de lubricante el sábado y ya no quede nada. Eran *tres litros* de lubricante —refunfuña Éctor.

Nos reímos de su tacañería: en una casa con media docena de parejas fijas y otras tantas ocasionales, un bote de lubricante tiene tantas posibilidades de sobrevivir como un perro en mitad de un boulevard.

Húrsula aparece un rato después, se niega a compartir el café y engulle uno tras otro cinco panes dulces. No habla sobre su permanencia en el congelador, pero sigue cabizbaja.

—Anoche escuché pasos junto a Ars Cadáver —dice al fin—. Tuve miedo.

Éctor masca el cereal con leche con la boca abierta, y Ugo le dirige sin éxito alguna mirada de reproche. Hana ensaya muecas en un espejo de mano.

—Pasos pesados, pasos de hombre —insiste Húrsula.

—¿Estamos interesados? —le susurra Éctor a la caja de cereal—. *No, no estamos* —agrega, con voz chillante y untuosa de caja de cereal.

Húrsula frunce el ceño cuando le son escupidas las risotadas de la plana mayor del Taller.

Por la noche, revolcándome en mitad de dos pesadillas, recibo en la cabeza la imagen de una silueta pesada, torpe, que pisotea la moqueta alrededor de la nevera mientras alguien, refugiado en su interior, suda y se estremece. Abro los ojos. Un rayo parte el cielo nocturno. Escucho crujir la compuerta de Ars Cadáver.

El desayuno es una compota gris, que Ugo ha cocinado sólo con ingredientes naturales y que hemos bautizado como «Menú andrógino». Parece ser que el «Menú andrógino» contiene tapioca y arroz, pero sus vapores marinos, según asegura el puntilloso Éctor, evocan el bajo vientre de una sirvienta no muy aseada.

—El cuerpo no requiere los sabores, sino las sustancias —sostiene mi hermano, sacándose de la boca con toda discreción un imprudente bocado de «Menú» y envolviéndolo en una servilleta de papel.

—Por el contrario, el cuerpo sólo requiere los sabores. Si algo sabe bien, es bueno para el cuerpo. El veneno debe tener un gusto horrible. Como esto.

—Éctor clava su cuchara en el plato rebosante de «Menú andrógino» y se marcha.

Los gritos de Húrsula llenan la noche. No son gritos de dama en apuros, sino de osa preparándose para morder.

—Juro que oí pasos. Pasos de hombre, zapatos claveteados.

Hana bosteza con la boca muy abierta. Éctor se frota los ojos enrojecidos, y su mano rasca de tanto en tanto su entrepierna. Ugo reconforta a Húrsula llevándosela a la cama.

Sueño que recorro el Taller con una lámpara, en busca de rendijas por donde pudiera entrar el gigante de los zapatos claveteados. Descubro una ventana abierta, en el centro de una habitación blanca e indistinta, por la que fluye el hedor característico de la mierda fresca, el hedor de un sanitario público o de un niño de la calle. Cuando quiero cerrar la ventana, descubro que el monstruo acaba de regresar a la habitación.

—Los sueños son un desequilibrio *equilibrado* —me dice mi hermano—. Satisfacen las curiosidades de la mente, la llevan a donde quiere ir y uno no la deja.

—Por favor —se queja Éctor, acariciando sus nuevos y aparatosos tirantes rojos con los pulgares—. Darle sentido a un sueño es como acostarse *con un pediatra.*

Húrsula se come tres panes dulces y Hana practica sus mohines en el espejo de mano. El gigante no es tal. Sus zapatos son unos mocasines baratos, con suelas de vaqueta que resuenan en la cocina. Es de noche y estamos reunidos, en mitad de un debate sobre el sazón de Éctor para el pescado. El tipo es gordo y no demasiado alto, con una barba enredada que se le mete a las comisuras de la boca. Muestra unos inquietantes colmillos y es obvio que le falta más de un diente. Tiene un revólver en la mano.

—Pero si es el acuarelista, el que hacía los experimentos eléctricos —descubre Hana, quien se ha metido el espejo cuidadosamente por el escote y ha puesto los brazos en jarras en torno a su linda cadera.

—¿El acuarelista? —El gesto de Húrsula demuestra el esfuerzo supremo por recordar algo que preceda a su tratamiento con pastillas.

—Viene por su nevera —maldice Éctor, quien ha perdido el color de la cara y desgarra la carne de su pescado sobre el plato sin llevársela a la boca.

—Pero Ars Cadáver es nuestra —opone débilmente Ugo.

El acuarelista es, según toda evidencia, preverbal. Sólo muestra el revólver —símbolo fálico— y los dientes —amago de furia— y se apoya en un pie y en otro alternativamente, como si estuviera por decidir a quién disparar primero.

—La épica no es una opción. La autoironía la ha hecho imposible —reconoce Éctor, un poco sombrío—. No podemos *simplemente* atacarlo. Ah, si tan sólo mis *hipotéticos* estuvieran aquí

—El voluntarismo no puede con las pistolas. —Mi hermano trata de interponer algún otro cuerpo entre el cañón del arma y él mismo y añora de paso a sus *contemplativos*.

Hana ya ensaya sus últimos gestos, ya acomoda la boca en la mueca final que desea en sus belfos. Húrsula, digna como una ninfa —una ninfa celulítica y rotunda—, alcanza el cuchillo de la mantequilla y se pone de pie y enfrenta al monstruo figurativo que nos ha dado caza. Éctor y Ugo, idénticos en sus ropas color cobre, están rezando a dioses inimaginables. Húrsula levanta el cuchillo y embiste. El acuarelista dispara.

¿Un disparo es un disparo?

El jardín japonés

A los nueve años, mi padre me rentaba una puta. Una puta, lógicamente, de nueve años. He olvidado la ropa, los juguetes, la comida, todo lo que era mi vida a los nueve años, pero no he olvidado a la puta.

Fabiana no se acostaba conmigo. O, mejor dicho, se acostaba conmigo y nada más. Mi padre insistía en que durmiéramos juntos y se aseguraba de que nos abrazáramos bajo las cobijas de la cama. Nunca probamos a desnudarnos —cómo me angustiaba a los catorce años, al recordar a Fabiana y mi indiferencia hacia ella—, y apenas si alguna noche nos atrevimos a juntar los labios en algo que sería generoso calificar como beso.

Fabiana llegaba a la casa los viernes, a la hora de la cena, con una mochila de ropa en el hombro y una película en la mano. Pasábamos el fin de semana en mi casa y dormíamos y nos bañábamos en la alberca, pero nunca fuimos juntos a la ducha —cómo lo recordaba, torturándome, a los catorce, al acariciar cada gota de las paredes de la ducha donde nunca estuve con ella.

Mi padre decía que yo no tenía suficientes amigos y se afanaba por reunirme con Fabiana. Yo, de hecho, tenía amigos, pero mi padre no terminaba de resignarse a que jugara con los hijos de la servidumbre y jamás hubiera permitido que durmiera con uno de ellos. «No quiero, Jacobo, que te pienses que la servidumbre juega contigo por amistad», me decía. «Juegan contigo porque les pago.»

Supe que Fabiana era una puta por boca de un compañero de la escuela. Mauricio había orinado las camas a lo largo de sus nueve años, había mojado camas de primos y hermanos, de hospitales, de terapeutas y de amigos, de hoteles en Mónaco lo mismo que en Tlaxcala. Así que sus padres decidieron probar con Fabiana: los movía la esperanza de que su hijo, atemorizado por una presencia extraña en la cama, se contuviera. No fue así, al menos de inicio. Durante sus primeras noches juntos, Fabiana se encargaba de despertarlo al sentirse inundada, y lo ayudaba a cambiar las sábanas. Nunca salió de su boca un reproche o una queja. Quizá por ello, a la vuelta de unos meses Mauricio dejó de orinarse. «Fabiana tiene algo que ayuda a la gente», decía mi amigo. «Por eso mis padres la rentaron para mí.» Mauricio le había preguntado a un primo adolescente cómo podría llamarse a una mujer que se renta para ayudar. El primo lo pensó un momento, e incluso consultó un diccionario. «Una puta», concluyó. Así que Fabiana era una puta.

Ahora bien, si mi padre había requerido los servicios de Fabiana, era porque pensaba que yo padecía algún mal tan serio, al menos, como la incontinencia de Mauricio. Que yo tuviera o no amigos no podía ser el asunto que lo preocupaba: incluso él debía aceptar que pasarse la tarde jugando al futbol con los hijos de la servidumbre hacía de mí un niño normal. Aunque tuviera que pagar por ello. ¿Cuál sería el problema que se esperaba que Fabiana remediara?

Antes de que pudiera resolver el enigma, o antes de que el influjo benéfico de Fabiana hiciera inútil la resolución, mi padre sufrió un ataque y murió. «No dejes de traerle a la niña», alcanzó a decirle a mi tío antes de expirar. Mi tío, en cierta medida, fue ejemplar. Custodió con honradez mi herencia y se encargó de aumentar mi robusto patrimonio con inversiones prudentes y certeras. Cuando estuve en edad de administrarlo, era claro que jamás tendría que estudiar ninguna carrera productiva o rebajarme a buscar un empleo. Sin embargo, al asumir mi tutela, mi tío decidió que el hecho de que yo durmiera con una niña —y más todavía, una niña rentada— resultaba inadmisible. Así que Fabiana dejó de ir a la casa. A veces la veía en los jardines comunes del fraccionamiento —su casa estaba a unos metros de la mía—, acompañando siempre a algún niño con pinta de muestrario de taras psiquiátricas.

Cuando nuestras miradas se cruzaban, Fabiana sonreía. Probablemente estaba insatisfecha por no haber tenido suficiente tiempo para acabar con mi problema, cualquiera que fuese.

Un par de años después, la familia de Fabiana vendió la casa y los muebles y desapareció. El ama de llaves comentó en el rumbo que el padre de la niña debía haber cometido algún delito, porque unos agentes policiacos llegaron al fraccionamiento después de la arrebatada mudanza para hacer preguntas sobre ellos.

De Fabiana sólo conservé una lapicera de colorines que había olvidado en mi recámara en nuestra última noche juntos. Durante años, fantaseé con la idea de buscarla, y caminar hasta ella y apartarla un momento del paranoico o hiperactivo o esquizoide en turno y decirle: «Esta es tu lapicera». A los catorce años, mi fantasía incluía un largo beso de reconciliación.

Cuando fui mayor de edad y la custodia de mi tío llegó a su fin, contraté un detective para que localizara a Fabiana. El detective era un expolicía grasiento, que había sido guardaespaldas del padre de Mauricio. Administró con talento mi esperanza y desesperación: a lo largo de tres años me hizo creer que se aproximaba cada día más a Fabiana, y que esta, convertida en alguna suerte de astuta y elusiva espía, lograba escapar en el último momento. Un día contraté a otro detective —un tal Santa Marina, a quien elegí al azar en la guía telefónica—, para apalear al primero. Se metió a su oficina una noche y le pegó tanto que le provocó un derrame cerebral. Santa Marina trajo el archivo correspondiente a Fabiana que el primer detective había compilado, unos pocos apuntes sobre la desaparición de la familia —asunto que yo conocía mejor que él— y una tarjeta de presentación en la que se leía: «Revista *Caras*. Fabiana Urrutia, colaboradora». La tarjeta era lo suficientemente lustrosa para permitirme albergar esperanzas de que esa dirección y ese teléfono fueran los adecuados.

Pasé unos días decidiéndome a marcar el número de la tarjeta. Temblaba durante el día y me estremecía durante la noche. Soñaba con la escena de la entrega de la lapicera y la modificaba en decenas de variantes épicas, sexuales o sentimentales. Santa Marina se tomó la libertad de investigar a la familia de Fabiana y me trajo un informe: sus padres habían muerto por inhalación de gas, poco después de que se supiera que habían sido demandados por una pareja extranjera que reclamaba haberles hecho un fuerte préstamo. «Iban a abrir una clínica. Pero el dinero fue retirado del banco y la familia escapó.» Las muertes se habían producido meses después de la mudanza del fraccionamiento.

Esa noche cené con mi tío en su estudio y le referí el asunto. «Eran una pareja peculiar», dijo con su acostumbrada voz cascada. «Rentaban a la hija para que hiciera cosas raras con los enfermos. Tú quizá no lo recordarás, pero durante un tiempo tu padre la rentó y ella iba a tu casa todos los viernes.»

«Así que mi padre pensaba que yo tenía alguna enfermedad.»

Mi tío me miró sin alarma.

«No: sólo pensaba que te hacían falta amigos.»

Le pedí a Santa Marina que la llamara por mí. A su lado, yo trataba de adivinar la voz de Fabiana en la bocina. *Caras* era una revista de sociales y Santa Marina, presentándose como mi secretario, la invitó a conocer el nuevo jardín japonés de mi casa, para hacer unas fotografías «y quizá platicar con el licenciado». Mi casa no tenía un jardín japonés. Yo no tenía un título de licenciado.

Perdimos la tarde en buscar plantas y bambúes y terminamos por comprar unos quimonos para la servidumbre. Un poco avergonzado, Santa Marina improvisó un hipotético compromiso y se abstuvo de asistir a la entrevista. «Trataré de llegar después y la seguiré al irse», prometió.

Fabiana estaba bellísima, mucho más de lo que aparecía en mis nostalgias de ducha y fantasías de lapicera. La vi detrás de la cortina del estudio, mientras el ama de llaves —incómoda y restirada dentro de su quimono—, la invitaba a pasar.

«El licenciado la recibirá en su estudio cuando usted termine de retratar el jardín», le dijo la mujer, según lo convenido. Fabiana dio una mirada al remedo oriental —que había quedado espantoso, pese a los afanes de Santa Marina por darle alguna estética—, y emprendió el camino al estudio. Respiré profundamente y bajé a su encuentro, aferrando la lapicera en la mano como un crucifijo.

«Fabiana.»

«Jacobo. Esa es mi lapicera.»

No pude negarlo. Se la acerqué con un murmullo. Las palabras de la fantasía se atoraban entre mis dientes.

«Esta es tu lapicera.»

«Jacobo. Estás muy cambiado.»

«Esta es tu lapicera y...»

«Siempre quise saber qué había sido de ti.»

«Esta es tu lapicera y...»

«Jacobo.»

Su boca era húmeda como las paredes de la ducha.

Por mi mente pasó la imagen de mi padre, espiándonos como solía espiarnos bajo la manta para asegurarse de que estuviéramos abrazados.

Fabiana me cobró un precio verdaderamente bajo, de amigos.

Por la mañana, mandé que Santa Marina desmontara el jardín japonés. Parecía irritado. Me dijo que el primer detective usó mi dinero en pagarse decenas de noches con Fabiana. «Si mi dinero acabó en sus manos, estuvo bien empleado», argüí. «¿Y qué más puedo hacerle al tipo, si ya usted lo dejó en estado vegetal?»

Le ofrecí un sueldo fijo para que siguiera a Fabiana y me informara de sus actividades. Se rehusó pero recomendó a un colega competente. Nos estrechamos las manos como generales victoriosos y él emprendió el camino a la puerta, cargado de macetas y bambúes.

Yo subí al estudio y me senté a esperar la llegada del viernes.

Pseudoefedrina

La primera en enfermar fue Miranda, la mayor. Nos contrariamos porque significaba no ir al cine el viernes, único día que mi suegro podía cuidar a las niñas. Pese a los estornudos Dina, mi mujer, insistió en que asistiéramos a la posada del kínder. «Es el último día de clases. Le cuidamos la gripa el fin de semana y el lunes nos vamos al mar.» Habíamos decidido pasar las vacaciones navideñas en la playa para no enfrentar otro año la polémica de con qué familia cenar, la suya o la mía.

En la posada había más padres que alumnos y más tostadas de cueritos y vasos de licor que caramelos y refrescos. «Muchos niños están enfermándose de gripa», justificó la directora. «Pero como los papás tenían los boletos comprados, pues vinieron.» «Miranda también está enfermándose», confesamos. «Por eso traemos tan envuelta a la bebé.» Marta, de apenas siete meses, asomaba parte de la nariz y un cachete por el enredijo de mantas de lana.

Descubrí al formarme en la fila de la comida que algunas madres conservaban las tetas y nalgas en buen estado. Y descubrí que un padre había notado, a su vez, que las de mi esposa tampoco estaban mal. Platicaba con ella aprovechando mi lejanía. Los dos sonreían. El sujeto era bajito, gestos afeminados y ricitos negros. Entablé conversación con la madre de Ronaldo, mujer de unos treinta años y gesto de contenida amargura que mi esposa solía calificar de «cara de mal cogida». Claudia se llamaba, una de esas flacas engañosas que debajo de un cuello quebradizo y por sobre unas pantorrillas esmirriadas exhiben pechos y trasero más voluminosos de lo esperado. Se había puesto una arracada en la nariz y pintado los pelos del copete de color lila desde nuestro último encuentro. Como no se le conocía novio o marido, las madres del kínder vigilaban sus movimientos y más de una miró con inquietud cómo le ofrecía fuego para su cigarro y cómo ella me reía todo el repertorio de chistes con que suelo acercarme a las mujeres.

Regresamos a casa de mal humor. Miranda comenzó a llorar: tenía 39 de fiebre. Llamamos por teléfono al pediatra, que recomendó administrarle un gotero de paracetamol y dejarla dormir. También avisó que aquel viernes era su último día hábil: se iría a pasar la Navidad al mar. «Como nosotros», le dije. «Bueno, pero si le sigue la fiebre a Miranda no deberían viajar», deslizó antes de colgar. «Déjame un recado en el buzón si se pone mal y procuraré llamarlos.» No le referí a Dina el comentario porque no quería tentar su histeria.

Medicada e inapetente, Miranda pasó la noche en nuestra cama mirando la televisión. Marta, quien dormía en su propia habitación desde los tres meses, fue minuciosamente envuelta en cuatro cobijas. Bajé el calentador eléctrico de lo alto de un armario y lo conecté junto a su puerta. La presencia de Miranda en nuestra cama evitó que Dina y yo hiciéramos el amor o lo intentáramos siquiera. De cualquier modo, el menor estornudo de las niñas le espantaba el apetito venéreo a mi mujer. Me dormí pensando en la nariz de Claudia y sus mechones color lila.

Se suponía que dedicaríamos la mañana del sábado a comprar ropa de playa y pagar facturas para viajar sin preocupaciones, pero Miranda despertó con 39.2 a pesar del paracetamol. Maquinalmente llamé al número del pediatra. Respondió el buzón. «Hola, soy el doctor Pardo. Si tienes una urgencia comunícate al número del hospital. Si no, deja tu recado.» Dejé mi recado.

Acordamos que mi esposa cuidaría a las niñas y yo saldría a liquidar las facturas y comprar juguetes de playa para Miranda, un bronceador de bebé para Marta, unas chancletas para Dina y una gorra de beisbol para mí. Había pensado convencer a Dina de comprarse un bikini pero preferí no mencionar el asunto. Lo compraría y se lo daría en la playa. Antes de salir me pareció escuchar ruidos en la recámara de Marta. Me asomé. Era un horno gracias al calentador eléctrico. Lo apagué. Marta estornudaba. Le retiré una de las mantas y abrí la ventana. Me fui sin avisarle a Dina. No quería tentar su histeria.

En el supermercado no había gente apenas. Desayuné molletes en la cafetería y pagué mis facturas en menos de diez minutos. Tomé un carrito y me dirigí a la sección de ropa. Por el camino obtuve la bolsa de juguetes de playa para Miranda y el bronceador de bebé. También un antigripal, una caja enorme y colorida que incluí en mi lista para que los enfermos no acabáramos por ser mi esposa y yo. Elegí luego una gorra de los Yankees y una playera blanca, lisa. Para Dina, unas chancletas cerradas como las que yo acostumbro y que ella dice detestar pero siempre termina robando.

Recordé el plan del bikini. Morosamente, me acerqué a la sección de damas. Dina tenía un cuerpo ligeramente inarmónico. Como muchas mujeres que han tenido hijos pero no los han amamantado, sus caderas y trasero eran redondos pero sus senos seguían siendo pequeños, de adolescente. Así que me encontré desvalijando dos bikinis distintos para armarle uno a la medida.

«¿Compras ropa de mujer muy a menudo?» Claudia apareció junto a mi carrito, sonriente, las manos llenas de lencería atigrada. «En realidad no.» «Eso es muy cortito para Dina. No va a querer usarlo.» Era cierto pero me limité a sonreír como para darle a entender que mi esposa acostumbraba utilizar arreos sadomasoquistas y juguetes de goma cada viernes. La acompañé a los probadores para cuidar su carrito. No iba a probarse la lencería —cosa prohibida por el reglamento de higiene del supermercado— sino unos jeans. Fingí estar muy interesado en la etiqueta del antigripal mientras esperaba que saliera. El antigripal era un compuesto a base de pseudoefedrina y advertía que podía provocar lo mismo nauseas que mareos, resequedad de boca o babeo incontenible, somnolencia o insomnio, reacciones alérgicas notables y, en caso extremo, la muerte. Me di por satisfecho. «¿Cómo me ves?» Había salido para que le admirara el culo metido en los jeans. Se le veían bien, como toda la ropa demasiado pegada a las mujeres excesivamente dotadas de nalgas. Claudia había sonreído otra vez. Ya no tenía cara de mal cogida.

En las cajas nos topamos con la directora del kínder. Nos saludó muy amablemente hasta que su cerebelo avisó que Padre De Carrito Uno no emparejaba con Madre De Carrito Dos. Se despidió con una simple inclinación de cabeza. Mientras esperábamos pagar, Claudia se puso a hojear una revista femenina y yo volví a explorar los misterios de la etiqueta del antigripal. Pseudoefedrina de la buena. «Aquí dice que a las mujeres en África les arrancan el clítoris», comentó sin levantar la mirada. «Y que el sexo anal es común allá y por eso el sida es incontrolable.» Levanté las cejas y ella lanzó una carcajada que contuvo con la mano. «Mejor que no oigan que hablamos de clítoris y sexo anal o el chisme va a ser peor.»

Como de hecho el chisme ya no podría ser peor le cargué las bolsas al automóvil y la ayudé a subirlas. Ella parecía dispuesta a conversar más pero me escurrí pretextando la gripa de Miranda. «También Ronaldito está malo.» «¿Dónde lo llevas al pediatra? El nuestro se fue de vacaciones y no responde las llamadas.» Ella se puso las manos en la cadera. «No lo llevo al médico. Yo sé de homeopatía. Si quieres puedo darte medicina para tu niña.» No acepté pero ella insistió en colocarme en el bolsillo una tarjetita con su teléfono. «Llámame a cualquier hora si necesitas.»

Había un automóvil en mi lugar de la cochera, junto al de Dina. Entré con las bolsas en una mano y las llaves en la otra. No se escuchaba ruido, salvo los esporádicos estornudos de Marta. Miranda dormía, aparentemente sin fiebre. Imaginé que la directora había manejado a cien por hora a su casa para llamar a Dina y contarle que yo estaba en las cajas del supermercado hablando de clítoris y rectos africanos con Claudia. Imaginé a Dina armada con un cuchillo, esperando mi paso para degollarme.

En realidad estaba en la cocina tomando café con el tipo de los ricitos que la había admirado en la posada. Suyo era el automóvil usurpador. «No te oí llegar.» «Algún imbécil se estacionó en mi lugar.» El tipo me miró con resentimiento. «No es un imbécil: es Walter, el papá de Igor, el compañerito de Miranda. Es homeópata y lo llamé para que viera a las niñas porque el pediatra no contesta.» Walter se puso de pie y me extendió la mano. La estreché con jovialidad hipócrita. «Walter cree que Miranda no tiene gripa, sino cansancio, y que a Marta le están saliendo los dientes.» El homeópata hizo un par de inclinaciones de cabeza, respaldando el diagnóstico.

No suelo ser un tipo desconfiado, pero noté el rubor en el rostro de mi mujer. Y su olor. Olía como cuando accedía a hacer el amor a mi modo, menos neurótico que el suyo. La bragueta de Walter estaba abierta, lo que podía no querer decir nada. O sí. Miré al homeópata, abrí el bote de la pseudoefedrina, me serví un vaso de agua y me pasé dos pastillas. «Yo no creo en la homeopatía, Walter.» Él volvió a mirarme bélicamente. Dina torció la boca. «Y por favor quita tu automóvil de mi lugar. No me gusta dejar el automóvil en la calle. Por eso rento una casa con cochera.» Walter se despidió de Dina con un beso en el dorso de la mano y salió en silencio, sacudiendo sus ricitos. Salí de la cocina antes de que se desataran las represalias.

En el comedor había una nota escrita a mano, con letras esmeradas que no eran las de mi mujer. La receta de la homeopatía. Memoricé los compuestos y las dosis. Marqué el número de Claudia, sosteniendo su tarjeta frente a mis ojos. Su letra era desgarbada, como ella. «¿Sí?» «Hola. Qué rápida. Estabas esperando que llamara.» Su risa clara en la bocina me puso de buen humor. Escuchó con escepticismo las recetas de Walter y bufó. «Una gripa es una gripa. Nadie estornuda porque le salga un diente o por estar cansado. Mira, lo que vas a hacer es comprar lo que te voy a decir y engañar a tu esposa para que piense que les das sus medicinas.» «¿Me estás pidiendo que engañe a mi mujer?» La risa como campana de Claudia llenó mis oídos.

«¿Con quién hablabas?» «Con el pediatra.» «¿Y qué dice?» «Nada. No responde. Le dejé recado en el buzón.» Dina estaba cruzada de brazos en el pasillo. Tenía cara de mal cogida. «Te portaste como un patán con Walter.» Acepté con la cabeza gacha. Mi táctica consistía en darle la razón y pretextar mis nervios por la enfermedad de las niñas. Dina me miraba con una intensidad que presagiaba o un pleito o un apareo corto y violento cuando Miranda se puso a llorar. Tenía 39.4 de fiebre. La metimos a la tina y le dimos paracetamol.

Dina no cocinó ni tuvimos ánimos de pedir comida por teléfono, así que cada quien asaltó el refrigerador a la hora que tuvo hambre. Yo me serví un plato de cereal con leche y me hice un bocadillo de mayonesa, como cuando tenía once años y mi madre no aparecía a comer por la casa. Al beber un largo trago de leche sentí cómo mi garganta se derretía. Tosí. Dina asomó por la puerta y me miró con horror. Otra tos respondió en la lejanía. Era Marta. Tenía 38.6. Dos escalofríos me recorrieron los omóplatos y los deltoides. No sabíamos cuánto paracetamol darle a la bebé. El pediatra no respondió. Dina corrió a llamar a Walter. Yo me escondí y llamé a Claudia desde el celular. «Mis hijas tienen fiebre.» «¿Ya les comenzaste a dar las medicinas?» «No.» «Pues sería bueno que empezaras.» «¿No sabes cuánto paracetamol hay que darle a un niño?» «Yo no les doy paracetamol. Tiene efectos secundarios horrendos. Nacen con dos cabezas.» «Mis hijas ya nacieron, me temo.»

Dina salió de casa dando un portazo. Regresó a la media hora con una bolsa llena de medicamentos homeopáticos y un refresco de dieta. «¿Tomas refresco de dieta?» «A veces.» «A Walter no le gustan las gordas, seguro.» Aproveché su desconcierto para salir a la calle. No sabía dónde encontrar una farmacia homeopática, así que volví a llamar a Claudia. «Yo tengo lo que necesitas en la casa. Ven.» Lo que yo necesitaba era dejar a las niñas dormidas en sus cunas y meterme con Dina al jacuzzi de un hotel en el mar y quitarle el bikini que le había comprado. Tardé en dar con la dirección. Abrió ella, despeinada y sin maquillar, con un suéter y gafas. Tenía a la mano ya una bolsa con frasquitos y un listado de dosis y horarios. Le pregunté por Ronaldo. «Está arriba, viendo la tele.» La casa era enorme y fea, como todas las heredadas. «Mi padre quería vivir cerca de la estación de bomberos. Lo obsesionaban los incendios. Por eso vivimos acá.» Mi carisma dependía de mis chistes y no tenía cabeza para decir ninguno en ese momento. Hice una mueca y me marché aparentando nerviosismo. Eso halaga más que un chiste.

Dina lloraba. Miranda tenía 39.6 y Marta, 39.1. No lloraba por eso. «Llamó la directora.» Supuse una conversación lánguida, llena de sobreentendidos. «¿Qué hacías en el supermercado con la puta de Claudia?» «Lo mismo que tú con el querido Walter: buscar consejo médico.» «¿Esa puta es doctora?» «Homeópata», dije, levantando la bolsita llena de frascos.

Hice un intento final por marcar el número del pediatra antes de administrar las primeras dosis de homeopatía. Respondió su buzón. Farfullé una obscenidad y corté. Jugamos a suertes el primer turno. Perdí. Me ardía la garganta y la espalda murmuraba su lista de reclamos. Dina forcejeaba con Marta para darle las gotas. Tuve un acceso de tos. Dina amenazaba a Miranda para que tragara sus grageas. Opté por tirarme a dormitar en un sofá de la sala. Pensé en lo mal que se veía Claudia con gafas, en lo mal que Walter llenaba los pantalones, en Dina con ropa y sin ella. Desperté adolorido. La casa estaba oscura y silenciosa. Me puse de pie, asaltado por un deseo intenso de orinar. Apenas saciado, la náusea me dominó. Maldije el bocadillo de mayonesa de la comida. Luego Dina daba de gritos y marcaba el teléfono. Miranda lloraba. Tendría fiebre. Marta estornudaba con la persistencia de un motor. Hacía calor, el sudor escurría hasta las comisuras de la boca. Me arrastré fuera del baño. Pedí agua con voz desvaneciente. Fui atendido. Bebí. Alcancé una alfombra. Me dejé caer.

Lo siguiente era Walter, sus manos largas en mis sienes. «Te desmayaste. Estás enfermo. ¿Tomaste alguna medicina?» «Pseudoefedrina, Walter, de la mejor.» «Seguro eres alérgico.» Tras los ricitos del homeópata, Dina asomaba la cara. Quizá esperaba mi muerte. Quizá no. Quizá Walter la había hecho suya veloz e incómodamente frente a mis cerrados párpados. Tragué la solución que me fue ofrecida en un vasito minúsculo de homeópata profesional. Sabía a brandy o apenas menos mal. Logré incorporarme y caminar hasta la cama. Las náuseas regresaron, acompañadas de temblores y frío. No quería que Walter se fuera de mi lado, deseaba incluso acariciarle los ricitos con tal de que se quedara. Pero Miranda tenía 39.7 y Marta 39.4, así que se largó a atenderlas. Cerró la puerta de mi recámara tras de él y Dina lo siguió, sin acercárseme siquiera. La hembra opta por el macho más fuerte para asegurar una buena descendencia. Pero nuestras hijas ya habían nacido.

Marqué el número de Claudia. Por la ventana se veía un cielo oscuro que podría ser el de cualquier hora. Tardó en responder, dos, tres timbrazos.

Ahora tenía tanto calor que si cerraba los ojos saldrían disparados de las cuencas para estrellarse contra la pared. «¿Sí?» «Me desmayé. Parece que soy alérgico a la pseudoefedrina.» Un largo silencio. «¿Quieres que vaya? ¿Estás solo?» «Está Dina. Con Walter. No quiero molestarlos.» «¿Walter?» Otro largo silencio. «Ven mañana a las tres. Me aseguraré de estar solo.» «Bueno. Llevaré medicina.» «Ven tú, nada más.» «Como quieras.»

No lloraba desde los once años, cuando mi madre no aparecía en casa alguna noche. Lo hice quedamente, en la almohada. A las 2:24 de la madrugada me despertaron los números rojos del reloj digital y los gritos de Miranda. La niña tenía pesadillas o se había roto un brazo: la mera fiebre no justificaba aquel escándalo. 39.6. Dina había olvidado darle el paracetamol o Walter había ordenado interrumpir su administración. Pero Walter no era el padre de la familia. Le di a Miranda la medicina, que tomó con admirable resignación, y la dormí acunada en brazos, pese a sus casi cinco años, susurrándole tonterías sobre gatos y conejos. Me levanté, mareado perpetuo. Pseudoefedrina. Me sentía sudoroso, acalorado, el corazón latía en los pies, el estómago, los dientes. Visité la recámara de Marta. 38.7. Tampoco le habían dado paracetamol. Interrumpí su sueño para hacerlo y la besé en la cabeza y las orejas hasta que sonrió. La dejé suavemente en la cuna.

Dina estaba dormida en la sala, agotada, con la falda medio subida en los muslos húmedos de sudor o cosas peores. Junto a su mano descansaba uno de esos prácticos vasitos de homeópata profesional. Olfateé su contenido. Sería alguna clase de supremo sedante. Comencé a acariciarle las piernas. No reaccionó. Le deslicé un dedo bajo los calzones y por las nalgas. Pasó saliva. Podría haberla montado todo un grupo versátil de veinte instrumentistas antes de despertarla. Seguro Walter le había dado aquello para apresurar el proceso de adulterio. Hija de puta. Lo peor es que había provocado que olvidara dar el paracetamol a las niñas o incluso le había prohibido hacerlo, nuevo amo ante una esclava demasiado tímida para desobedecer. Me asomé por la cortina. Su automóvil ya no estaba. Hijo de puta.

Subí, la boca terregosa, el corazón latiendo en los dedos, las pestañas, un tobillo. Las niñas respiraban pausadamente. Eran las 5:02. Me tiré en la cama y quizá dormí una hora, el cielo era negro aún cuando abrí los ojos. Hacía calor. Me estiré y supe que deseaba a Dina. Miranda dormía con los dedos dentro de la boca. 37.3. Marta roncaba ligeramente. 37.1. Tuve que quitarme la camiseta al salir al pasillo. Demasiado calor. Pseudoefedrina o antídoto de Walter. Una dosis ligeramente más alta me habría impulsado a bajar por un cuchillo a la cocina pero lo que quería era desnudar a Dina, morderla, arañarla. Apenas se movió cuando me deslicé en el sillón.

Pensaba: cuando el tribunal me juzgue diré que fue la pseudoefedrina o culparé a Walter por darme un afrodisiaco incontrastable. Le levanté las faldas y suspiró. A tirones, me deshice de su ropa. Su cuerpo. 39.8. Le separé las piernas y comencé a besarla obstinadamente. Yo aullaba y gruñía, aunque parte del cerebro procuraba asordinar mis efusiones para no despertar a las niñas. Dina abrió unos ojos ebrios y comenzó a decir obscenidades. 40.3. Aullábamos y nos insultábamos, yo le decía que el culo de Claudia lucía guango incluso dentro de unos jeans apretados como piel de embutido y ella bordaba sobre la muy posible impotencia de Walter. Yo le mordía los pechos y ella me arañaba desastrosamente la espalda. Nos despertó un estruendo y una risa malvada. Era Miranda, en pie ya, había conseguido derribar la pila de revistas de su madre. Sin mirarnos Dina y yo nos alistamos y subimos. Miranda brincoteaba sobre mi libro ilustrado de las Cruzadas. La perseguí hasta su recámara y la mandé a hacer la maleta. Me miré en el espejo del pasillo. No sudaba y mi aspecto era el de costumbre, apenas despeinado. Fui por agua y sentí una punzada de hambre. Dina bajó con Marta en brazos. La bebé mordía el cuello de una jirafa de trapo con alegría de vampiro. «Se terminó el biberón», informó mi esposa con perplejidad. Desayunamos huevos con tortilla y bebí el primer café del día. Claudia estaba citada a las tres. Dina confesó que Walter pasaría a las dos y media. Decidimos precipitar la salida al mar. El hotel aceptó adelantar la reservación y cambiar los boletos de avión llevó cinco minutos.

Dina miraba la mesa. «¿Nos vamos, entonces?» Lo decía con decepción y esperanza. En el aeropuerto confesé la compra del bikini y se lo entregué. «Es muy pequeño para mí, me voy a ver gordísima.» Pasé el vuelo leyendo una revista médica. Tenía un artículo sobre la pseudoefedrina pero preferí omitirlo y concentrarme en uno sobre el cercenamiento de clítoris de las africanas y los métodos reconstructivos existentes. Dina y nuestras hijas cantaban.

En la playa pedimos sombrillas e instalamos a las niñas a salvo del sol. Marta untada de bronceador de bebé y Miranda tocada con un sombrerito de paja. No había turistas, apenas dos ancianos paseando a caballo, alejándose hacia el sur. El cielo era claro y espléndido. Escuché mi teléfono y acerqué una mano perezosa, dejándola pasar antes por el trasero de Dina, que se endureció ante el homenaje.

Era el pediatra.

Dejé que respondiera el buzón.

Agua corriente

Ustedes no lo recuerdan porque ni siquiera lo saben pero mi familia fue pobre. *Pobre* significa: el refrigerador vacío, las cuentas sin pagar, la caminata de una hora desde la escuela porque no había dinero para el autobús —si es que iba a la escuela: era demasiado fatigoso embrutecerse con las cenizas de educación pública que recibía—. Pero yo recuerdo bien la ropa llena de costuras, los zapatos con clavos apuntando en todas direcciones —había que caminar lento, como quien camina sobre una cuchilla.

Mi madre, secretaria seca y estricta, se esforzaba en hacer llevadera la derrota de haber sido abandonada por el marido con un hijo pequeño y otro imbécil. Se afanaba de verdad. Algunas noches traía pan y leche a la casa. Otras simplemente no. Durante mucho tiempo la ayudé a cocinar extraños menús para la cena compuestos por sobras diversas. Harina pasada, por ejemplo, con la que confeccionábamos crepas que incluían un guiso resucitado del domingo

—era ya viernes— y el contenido de una lata con la fecha de caducidad poco clara.

Como no había energía eléctrica casi nunca, cenábamos a la luz de una veladora y disputábamos partidas de cartas. Algunas noches mi hermano aullaba, entre convulsión y convulsión. Otras, se removía calladamente o lograba dormir en paz. Yo prefería las noches con ataques repetidos, porque me daban oportunidad de reacomodar las cartas y derrotar a mi madre. No sé por qué me parecía que ese detalle reforzaba mi dignidad.

Agua corriente era lo único que nunca faltó. Eso ayudaba a que fuera sencillo limpiar la sangre que le escurría a mi hermano de la boca cuando se despeñaba por la escalera o caía en mitad de un pasillo, abriéndose la cabeza contra las esquinas de los muebles. Mi hermano tenía la cabeza tan remendada como la ropa. Yo aprendí desde pequeño las más variadas técnicas de enfermería. Sabía vendarlo, inmovilizarlo, ponerle la antitetánica y llamar a la ambulancia. Pero prefería simplemente no verlo. Al salir por la mañana cerrábamos la casa con llave y rezábamos por no encontrarlo muerto al regresar.

Solía demorar mi regreso a casa todo lo que fuera posible. Me proveía de pan y una botella de agua y al salir de la escuela me largaba a un parque público a leer alguno de los libros que mi padre no alcanzó a llevarse en su escapatoria y que se apilaban, polvorientos, en un mueble al fondo del corredor principal. Dejaba que atardeciera y entonces me apresuraba a volver, para que mi madre me encontrara, admirable, alimentando al imbécil.

Era religioso, por aquel entonces. Huía de la escuela para refugiarme en templos vacíos. Hacía confesiones apócrifas a los sacerdotes. A veces asistía a las ceremonias, conmovido; llegué a comulgar cinco veces en una mañana. Rezaba para que sucediera en mi vida algo convenientemente prodigioso que me apartara de mi familia o resolviera nuestra miseria.

Ustedes no saben o han olvidado lo que significa creer. Todos los acontecimientos, incluso los nimios y sobre todo ellos, se interpretan en clave divina. *Cuál calle será la que Él espera que tome en mi evasión.* Eso se piensa. *Qué camino debo elegir, cuál es la ruta que me alejará de la secretaria y el imbécil.* Elaboro. No se piensa exactamente así. Pero da la idea.

Una noche, mientras mi hermano dormitaba y mi madre miraba la televisión —había conseguido liquidar ese mes los recibos atrasados de la luz— encontré entre las páginas de uno de los libros de mi padre una hoja de papel amarilla, doblada en dos. Era una receta médica con mi nombre impreso en la cabecera. No mi nombre: el de mi padre. Que era, desde luego, el mismo. Descubrí que mi padre era médico y sostenía un consultorio.

Eso sonaba a dinero, decididamente. Metí el libro a la mochila. Esperé a que mi madre durmiera y tomé su cartera por asalto. Para mi sorpresa, rebosaba de billetes. Tomé uno, al azar, y lo escondí en el bolsillo.

Esa mañana no fingí caminar a la escuela. La dirección de la receta, según un viejo mapa que encontré entre los papeles de mi madre, había de buscarse al norte, en una zona de fraccionamientos que lindaba con el bosque. El billete escondido en mi bolsa era lo suficientemente valioso para ser cambiado por un buen botín de monedas, indispensables para el viaje. Lo hice en una tienda de abarrotes luminosa, amigable y lejana. La mujer de la caja me sonrió. Una tipa de cuerpo rotundo, avejentada y simple. Mentí: dije que mi padre quería cambio del billete. Ella sonrió. Me hizo una caricia en la mano al entregarme el dinero. *¿No quieres trabajar? Necesito quien me ayude.* Voz de víbora, la suya. Febril, me fui de cabeza a un templo. Confesé pecados abominables por los que mi penitencia no tendría fin.

Cuando logré tranquilizarme tomé el autobús: una hora por rumbos desconocidos y muros cada vez más altos que me llevaron a las cercanías de la dirección que buscaba. Deambulé por calles con forma de circuito y diez veces me vi, ante la caseta que custodiaba una callejuela privada, impedido de proseguir. No tenía ánimos para preguntar nada a nadie. Los vigilantes de las casetas miraban con sospecha mis zapatos claveteados y las rodillas —tan raídas como las suyas— de mis pantalones.

Finalmente llegué al sitio: una pared cubierta de enredadera donde se alzaba un portón de madera y un letrero. Mi nombre. No: el de mi padre. No llegué a llamar. Apenas di una mirada al número telefónico que ofrecía el letrero y me escurrí. Tras el largo viaje de regreso, pasé el resto de la tarde en el parque de costumbre. Pensaba. Qué se le dice a un tipo como mi padre, desconocido, para abrirle los bolsillos. Fingiría que me interesaba conocerlo. Pretendería estar preocupado por la salud de mi hermano. Nunca había visto aparecer la luna desde la hierba. No era interesante.

Demasiada luz. Todas las luces de casa, encendidas. Abiertas las ventanas. Mi madre, llorosa, sentada en el escalón de la puerta, confortada por la vecina. Según mi cálculo yo no llegaba tan tarde como para provocar semejante escena.

Era mi hermano. Mi madre había llegado del trabajo y lo había encontrado al pie de la escalera, sangriento como una espada. La ambulancia se lo había llevado ya.

Muerto, el cuello roto, el cráneo abierto.

Mi madre me abrazó. La vecina tuvo el gusto de retirarse. Dediqué toda la noche a pensar en Dios. ¿Era *esto* el milagro? Extraños caminos, los suyos. Quizá no habríamos de compartirlos, después de todo, Él y yo. Recé con fervor por última vez.

Reconocí a mi padre en el funeral porque mi madre se afanó ostentosamente en que no lo mirara.

Era un tipo bajo, calvo, barbado: el único que parecía médico en el lugar. Me abrí paso entre parientes aburridos y vecinos indiscretos y lo enfrenté. Me saludó con minúscula voz de cobarde. *Me dicen que eres mi hijo.* Eso dijo, después de quince años. Le señalé la calle y salimos.

Creo que aparenté con éxito el abatimiento y la tristeza que se esperaban de mí. No lo miré a la cara: posé la vista en la estela de un avión que se perdía. *Quisiera hacer algo por ti.* Eso dijo, como si los quince años pudieran ser reparados como las suelas claveteadas. *No tengo zapatos*, dije con una convicción que me honra. *No tengo más que estos zapatos.* Mi voz de víbora.

Mi padre cerró los ojos. Eso hacía mi madre cuando yo la acosaba con pedidos de dinero: cerrar los ojos, mostrarse molesta antes de ceder. Pero este era un gesto diferente. Mi padre me tenía pena. *Excelente. Que tenga más.* Eso pensé. Crucé los brazos para mostrar lo carcomido del suéter. Le hubiera mostrado la muela ennegrecida al fondo de mi boca.

Que tu madre no sepa. Eso dijo al darme el dinero. *No se lo des. Gasta todo.* Revisó a izquierda y derecha que nadie nos viera. Me dio más dinero y una tarjeta de presentación. *Ven a verme cuando quieras.* Caminó hacia un automóvil negro y huyó. Mi madre apareció a pocos pasos, acechando. Presentí su agrio perfume de secretaria. Le di un espectáculo meritorio:

hice pedazos la tarjeta de mi padre, pisé esos pedazos. Los escupí.

Era ella, claro. Radiante. Convencida de haberme visto rechazar al Satán que la abandonó, me abrazó y me condujo adentro. Se veía mal, afectada por la palidez que sólo poseen los que pierden un hijo. Pero orgullosa del que quedaba vivo. Como debe ser.

Yo no necesitaba aquella tarjeta de mierda. Conocía la dirección y el teléfono lo había memorizado. Dejé pasar unos días. Llámenlo luto, aunque ustedes no tienen idea de lo que hablo. No han cuidado a un hermano imbécil ni lo han perdido, no han llorado al recordar que alguna vez rio. No es que yo lo hiciera, llorar. No lo acostumbro.

Mi madre siguió asistiendo al trabajo, vistiéndose cada mañana, jugando a las cartas por la noche, aunque ahora había luz. Cerramos la habitación de mi hermano y no volvimos a hablar del asunto. Ni lo haré yo tampoco, ahora.

¿Qué hice, pues? Preparé el terreno. Mentí, claro: le dije a mi madre que había pedido trabajo en una tienda de abarrotes cerca de la escuela y que lo había obtenido. Un nuevo destello de orgullo. Ella decretó que no le diera un centavo, que me comprara ropa, juguetes, cosas. Nada específico. Sólo cosas.

Azúcar. Hablan del alcohol o la cocaína y olvidan el azúcar. Tenía poco más de quince años y mi idea del exceso no superaba la comida y las compras. Nunca conté los billetes que me había dado mi padre: iba a darme muchos más, después de todo, y no valía la pena perder tiempo con matemáticas cuando uno podía comprar ropa en un centro comercial.

(La playera del equipo favorito. Una. Otra. Tres. Camisas. Dos, mil. Pantalones, todos. Zapatos nuevos, cinco pares en cinco tiendas distintas. Nunca hay que tardarse demasiado en una sola, ni detenerse ante un escaparate: hay que correr de caja en caja, dilapidando el dinero tal como mi padre ordenó. Luego, volver a la casa y ataviarse. Mejor esta camisa. O quizá aquella. Guardar todo cuidadosamente. O no: tirarlo al piso y gozar el olor inconfundible de las cosas nuevas.)

Una hora después de mis compras estaba de vuelta en el centro comercial. No tenía amigos pero sí dinero. Comencé a buscar comida. Dulce: todo el que pudiera mascar. Cosas horrendas que no volvería a comer. Helados de dos pisos con corazas de nuez, chocolates rellenos de licor. Malteadas del tamaño de un misil. Pan con forma de hueso y tres dedos de glaseado. ¿Han oído hablar del dulce? No: ustedes no saben lo que es morder azúcar con toda la extensión de la boca.

El dinero da felicidad pero sólo el azúcar concede euforia. Entré al cine y me cambié dos veces de sala, sin terminar ninguna de las cintas entrevistas. Compré una mochila y la llené de objetos que encontraba atractivos: un libro con pastas de color uva, una pistola de juguete asombrosamente parecida a las verdaderas, un mapa nuevo de la ciudad. Por una ventana lateral descubrí que la noche se acercaba. No temí: había que enseñarle a mi madre a entender mis horarios.

Subí a un taxi y le di la dirección de la tienda de abarrotes. Estaba lo suficientemente lejos de la casa y la ruta de mi madre para que nunca pasara por allí y tampoco tendría que caminar demasiado para llegar. Eso si es que volvía a caminar, claro, porque el taxi era veloz, silencioso y fresco: deseable.

Como la mujer de la tienda. Sonrió al verme. Mi boca era el túnel por el que salió a la luz una voz desbocada de azúcar. Le dije que quería trabajar allí, que me gustaba su tienda luminosa, amable y lejana (un niño no dice eso, nadie dice eso, pero fue una versión adecuada lo que le dije). Nunca antes hablé con voz imperial. Nunca antes tuve dinero, tampoco. Ella pareció satisfecha. Me dijo que era hora de cerrar pero que podía acompañarla a la bodega y conocerla para decidir si quería el empleo. Masqué un pastelillo de chocolate mientras la mujer echaba el candado y apagaba la luz, bamboleando el trasero como una promesa.

La bodega era estrecha, irrespirable. Ella me tocó en cuanto entramos. Yo hice lo mismo aunque no sabía cómo —ustedes tampoco lo saben: tendrán a su disposición cuerpos simples, parecidos al suyo propio; nunca el de una vaca que los triplique—. La boca me sabía a azúcar. Ella testificará.

Cuando comencé a reír preguntó si estaba borracho. Era su peor defecto: hablaba todo el tiempo, hasta que uno lograba hacerla mugir. Y vaya que costaba. Meterse en ella era como sumergir los pies en sopa. Escuché esa frase mucho después pero la comprendí enseguida. Ustedes, desde luego, no entenderán nada.

Quisiera contar que lloré allí mismo, inclinado sobre su trasero o después, a salvo en casa, en el hombro de mi madre. Quisiera decir que rechacé los sobornos de mi padre a partir de entonces o siquiera que volví al día siguiente a la escuela, hice amigos y tuve una conmovedora novia. Pero es absurdo recurrir a la mentira cuando uno ha decidido no presumir de bondad alguna. No lloré entonces ni lo hago ahora. Seguí recibiendo el dinero y exigiendo bonificaciones extra en fechas importantes (mi cumpleaños, el aniversario de la muerte del imbécil). Y volví a la escuela, sí, después de un tiempo, cuando me aburrí del empleo. Y conocí mujeres. No puedo quejarme. En realidad no tengo una declaración final que hacer. Bueno, una. Ya no me entusiasma el azúcar.

El trabajo del gallo

Marco, el gordo, se resigna al entusiasmo por el cuadro: el cuerpo de la muchacha inventado a golpes, derrumbado en la alfombra de un motel más o menos intolerable, expeliendo por cada orificio su cuota de sangre.

¿Qué habrá hecho la chica para que le pasara esto?, piensa retrocediendo al teléfono, con la intención de dar aviso a la policía. No llega a levantarlo.

Ella vive. Respira de pronto, pastosamente, y trata de apartarse los jirones de cabello de la frente. Tiene unos rasgos indistintos, salpicados de acné. Un pantalón y una prenda interior infantil rodean sus tobillos. Resopla como un cobayo.

En el vientre lleva las rojas marcas de la dentadura de su cliente, el profesionista delgado y obsequioso que huyó hace unos minutos a bordo de un taxi, lanzando risotadas dementes.

La chica tiembla. Se protege los senos de un ataque invisible con movimientos de espasmo. El cliente, juguetón, le desgarró la sudadera y le ilustró el torso con un abrecartas. Jadea. Abre los ojos y los vuelve a cerrar, ofendida por el resplandor del neón. Se contrae como una oruga.

Marco recuerda los quejidos de parto de Penélope, su perra. Una perra. La rutina. Las quemaduras de cigarro en los muslos, las tarascadas en los pechos, la involuntaria sodomía son sólo rutina para una chica como esta. Marco piensa que podría ser peor. Torpe, como un zepelín, da vueltas en torno a ella sin dejar de mirarla. Entiende que debería llamar a la patrulla. Transpira. Ya tiene la camiseta empapada, comenzó a sudar cuando los gritos lo hicieron saltar de la hamaca, tomar el revólver y desplazarse resoplando a la suite 12.

Sus dedos se resisten nuevamente a tomar el auricular. Una sombra de deseo le aletea en el pecho y baja como una descarga. Decide que el asunto no es tan grave. No es la primera vez que pasa aquí, no es la primera.

Se agazapa penosamente junto al cuerpo, a cuatro patas, en un difícil y paquidermo equilibrio. Deja el revólver en la alfombra y se tironea el cierre de los pantalones. Acerca una mano temblona a la chica y le rebusca entre la sangre del vientre con torpeza, como si fuera a sacar el boleto de una tómbola.

Ella gime. Marco, ambicioso, concibe alguna esperanza de que ella se le entregue. Se acomoda lentamente sobre el cuerpo, y se sabe vencido casi desde el principio, hormigueante ya de placer un segundo antes de sentirla. Se exige más. Otro poco. Otro.

Con dolor, los ojos de la chica se abren de nuevo. Lo enfoca y de inmediato lo cataloga. Con deliberación, sus labios forman una mueca de asco.

Marco, agotado, la perdona. Incluso la dejará volver al motel, aunque no suele permitírselo a las chicas, como ella, que les dan problemas a los clientes. La fragilidad del éxtasis lo doma. Le sonríe a ella, a la alfombra, al revólver, al cortinaje marrón con grecas verdes, al traqueteante ventilador. Una dulzona arcada le llena la boca: es felicidad.

Suavemente, la chica toma el revólver, ridículamente, con los diez dedos, lo eleva hasta el salivoso paladar del gordo que, tocado por la comprensión, pretende cubrirse con sus dedos manchados de secreciones.

Ella muestra los dientes y hace el disparo.

Historia del cadí, el sirviente y su perro

He llegado a saber que hace tiempo, oh afortunado Señor, vivía en la ciudad un cadí que, a fuerza de ser útil a los propósitos del visir, había conseguido hacerse de una fortuna. Tenía ese cadí un sirviente y ese sirviente un perro. Habitaban los tres una gran casa, con caballerizas, patios y fuentes, a la que acudían los habitantes del barrio de los artesanos en busca de justicia.

Eran, cadí, sirviente y perro, muy requeridos. Al cadí lo solicitaban los comerciantes, sus esposas e hijos y hasta los poetas del rumbo para mediar en sus disputas, aconsejarlos e instruirlos. Poca sabiduría, si alguna, poseía el juez, pero amplio era el lugar que ocupaba en el corazón del visir, así que se acostumbraba fingir ante él, ya fuera su veredicto disparatado o sensato, un palmario asombro por su tino y pertinencia. Al sirviente, un esclavo comprado en el bazar de modo azaroso (pero no hay azar sino Voluntad Altísima, oh afortunado Señor), apenas se le conocía fuera del tribunal, pero el cadí dependía de él de modo absoluto. Pues no siendo su ingenio y maña suficientes como para escribir sus propias sentencias, sino apenas para recitarlas ante los demandantes, debía el siervo arremangarse y escribirlas según le dictaban sus propias y cortas luces o, mejor, según la dirección de los intereses que sabía propicios a su amo.

Más embrollada era la situación del perro, en tiempos un simple chucho de callejón, pequeño y sucio, que se había visto exaltado a líder de los canes del barrio merced a su adopción por parte del sirviente. Quería ese perro ser diferente de todos los otros. Sentía, desde que dejó de roer las sobras y retazos del callejón, que una fuerza a la vez rectora y liberadora lo propulsaba a grandes logros. Tenía planes y se afanaba por informar de ellos a sus camaradas de especie.

—Mi amo, el cadí —decía el perro, a quien le placía omitir el hecho de que su verdadero patrono era el sirviente— está encargado de mantener la ley del visir. Y yo, a mi vez, resulto idóneo para hacer lo propio entre ustedes, pulguientos hermanos. Los conduciré y corregiré, pues he de guiarlos hacia un futuro por demás espléndido.

Aunque muchos perros habían gobernado gracias a su fiereza o tamaño, el del sirviente, en tiempos callejero, se había impuesto por medio de la teoría y la razón. Así, como suele suceder, consiguió llegar más lejos que aquellos cuyos argumentos eran tan sólo colmillo y garra. La baba, lo dijo el poeta, es arma de mayor alcance que la espada.

Sucedió entonces que el viejo visir murió y dos aspirantes a sucederlo comenzaron a pugnar en la ciudad. Ninguno era algo mejor que un zoquete de buena estirpe. Sólo dos talentos poseían en abundancia: joyas para sobornar a los consejeros de la ciudad y milicianos para amedrentarlos. Buen conocedor de esta clase de circunstancias, el cadí se apresuró en acercarse a los contendientes, ofreciéndoles lealtad y veinticinco hombres a caballo para reforzar su posición. El sirviente, que lo acompañaba a las reuniones que se sucedieron, se aterraba ante la imprudencia del amo.

—Ay de mí, oh cadí: soy un pobre esclavo, tengo hijos pequeños y esposa en casa. Y cuando uno de los que luchan triunfe sobre el otro sabrá que fuimos traicioneros y nos matará.

Y se golpeaba el pecho y tiraba de sus cabellos al decirlo.

El cadí, que podía adoptar una expresión de inteligencia cuando le convenía, lo reconfortó.

—Nada de eso, esbirro mío. Mucho me espanta que seas tú, bruto miedoso, quien redacte las sentencias que leo cada día ante los demandantes del barrio. No tienes un gramo de inteligencia y mira que te he instruido yo mismo. ¿No te das cuenta que cuando uno de los que ahora contiende salga triunfador habrá resultado tan debilitado por la pelea que nos necesitará más que antes y no podrá resistirse a nuestro apoyo?

Pero demasiado miedo corroía al sirviente como para que estas palabras le sirvieran de consuelo. De noche, en su choza, mientras sus hijos y esposa dormían, se decía:

—¿Y si el amo estuviera errado y termináramos acuchillados y arrojados a una zanja? ¿Será tal cosa posible?

Menos dudas sobre su papel en el mundo tenía el perro. Para demostrar que era diferente y superior a los demás, comenzó a rechazar la comida que el sirviente le echaba, toda carne y huesos, y a mascar tercamente el grano de las gallinas. Alguno de los otros osó burlarse, pero el can del sirviente lo amonestó.

—Ríes, infame, pues tu miopía no te deja ver que me elevo por encima de ustedes. No soy más uno de aquellos que lametean lo mismo los huesos que las manos que se los arrojan. Soy algo distinto y mejor. Mastico granos como podría mascar piedras. ¡Ha llegado el tiempo de lo nuevo!

En ese momento, ella advirtió que se aproximaba el nuevo día y calló discretamente.

Pero cuando llegó la noche siguiente…

Ella dijo:

El cadí había prometido su apoyo a los dos aspirantes a la sucesión del visir. La ciudad se encontraba al borde de la guerra. Uno de los bandos había decidido utilizar un pabellón verde, pues los ojos de su líder eran de tal color, mientras el otro lo lucía negro, en honor a las tupidas cejas del propio. De ventanas y balcones pendían banderas y trapos con los colores del bando predilecto. Las milicias de uno y otro se hostilizaban por las esquinas y no era cosa rara que, luego de las reyertas, se revistieran de cuerpos las calles o que algún ciudadano fuera perseguido y atravesado por espadas si se corría el rumor de que apoyaba a un pretendiente distinto al de sus vecinos.

Sin embargo, el de los artesanos era un barrio de simpatías indefinidas y prueba de ello era que el cadí había mandado decorar la balconada de su casa con un trapo de tono parduzco, como si fuera negro desteñido, pero con brillos que podían ser interpretados como verdes. Por más que se detuvieron a contemplarlo por horas, ninguno de los vecinos consiguió desvanecer el enigma. Esto causaba gran satisfacción al cadí, quien se daba pellizcos de gusto en las mejillas, felicitándose por su astucia. Pero el siervo era dominado por el recelo y los asistentes al tribunal comenzaron a notarlo desaliñado, pálido y belicoso. Una mañana, de puro delirante, abofeteó a su mujer ante diversos testigos. El amo, avergonzado, a punto estuvo de entregarlo a la guardia.

—¡No comprendes, insensato, que tus llantos invitan a nuestros enemigos a acechar nuestras debilidades! ¡Que los demonios del infierno te monten y atornillen si no guardas silencio!

Entretanto, los esfuerzos del perro por emprender una revolución prosperaban. O eso creía él. Dedicaba parte de la mañana a diversos estudios —y se multiplicaba en lecciones de retórica, historia, estadística e, incluso, agotadoras prácticas de caminata bípeda— y ayudado por una hueste integrada por canes tan callejeros y anhelosos como él mismo, se aventuró a la redacción de una ley general que regiría a los animales de la ciudad.

—¡Riesgo! ¡Sólo el riesgo nos llevará a la sabiduría! —amonestaba a sus fieles.

Pero sucedió que, tras semanas de hostilidades encubiertas o francas entre los habitantes de la ciudad, llegó un día un mensajero y, rodeado por hombres de armas y heraldos con trompetas, se aposentó en la plaza central y la llenó con grandes fanfarrias. Portaba en la mano un pergamino decorado con la caligrafía propia de los escribas del gran Jalifa.

—Vengan todos, comerciantes, ladrones, estudiosos, farsantes, fieles e infieles, pues el Jalifa, harto de sus devaneos, ha tomado el conflicto de la urbe en sus manos y anuncia por mi indigno conducto la decisión de quién ha de gobernarlos. Vengan, pues, y escuchen.

De entre el cortejo se escurrió un hombrecillo de barba recortada y turbante, al cual parecían quedarle flojos los ropajes, grande el caballo y desmesurado el cargo. El mensajero lo señaló con su bastón. Ambos sonreían. Los ciudadanos se precipitaron a sus casas y arrancaron y quemaron los pabellones que anunciaban sus viejas fidelidades. Poco tardaron los contendientes al puesto de visir en ser llevados ante la presencia del enviado del gran Jalifa y de nada sirvieron sus gimoteos, sus promesas de lealtad y la entrega de pergaminos que enlistaban los nombres de quienes los apoyaron. Antes de que el sol recorriera una cuarta parte del cielo, fueron desnudados y flagelados y sus cuerpos colgados en la balconada más alta de la ciudad.

—He aquí que los hombres han comenzado a comportarse como auténticos visionarios —tuvo a bien comentar el perro, quien esperaba la oportunidad de entrevistarse con el flamante visir y acordar con él —o mejor: imponerle— su nueva ley de obligatoria observancia para los bichos y bestias locales.

Menos entusiasmados que el animal se encontraban el cadí y su siervo. Temblorosos desde el momento en que la noticia llegó al tribunal, huyeron a ocultarse. Un millar de reproches cruzaron por la cabeza del servidor, pero este no se atrevió a expresarlos en voz alta y sólo atinó a empotrarse en una despensa y lloriquear.

—Ay de mí y los míos. Por servir a un amo imbécil e inconstante, se acerca mi fin.

En ese momento, ella advirtió que se aproximaba el nuevo día y calló discretamente.

Pero cuando llegó la noche siguiente…

Ella dijo:

Con el paso de los días, ordenó el visir llevar ante su presencia a todos aquellos cuyos nombres figuraban en los listados de los ejecutados. Como el del cadí destacaba en ambos, se dispuso que fuera el primero en presentarse. Lo arrastraron diez guardias por la calle, mientras él, vestido con apresuradas ropas de noche, repasaba con mente febril las palabras que dirigiría al mandamás de la ciudad en busca de perdón. Fue metido al palacio por una puerta lateral. Lo condujeron ante el sitial de mando por pasillos henchidos de antorchas y gritos.

—Beso el suelo que pisa mi Señor —intentó decirle, coqueto, al visir. Un guardia lo pateó por la espalda y le aplastó el cuello contra el piso.

—Calla, cerdo. No digas nada. El visir es sordo desde niño. Nunca escuchó una palabra.

El cadí se incorporó, asombrado. Otra patada lo obligó a permanecer de rodillas. El visir, de pie ante él, sonrió. Dejó caer sus anchos pantalones al suelo, se diría que con sutileza. El cadí interrogó con cejas suplicantes a los guardias. Serios como los leones de roca que guardaban el palacio, ellos le indicaron que debía hacer lo que se le sugería.

—Muéstrale tu lealtad.

El cadí cerró los ojos y supo recordar lo que hacían las kehbehs cuando los clientes dejaban caer sus propios calzones.

De vuelta al hogar y luego de arrancarse las barbas y lavar su boca durante más de una hora con el agua de la fuente más pura del patio más limpio de la casa, hizo que se le trajera una garrafa de vino. El sirviente, demudado, se apresuró a escanciarlo. Aterrado ante el estado lampiño y miserable de su amo y tras mucho repostar copas y cavilar, se atrevió a elevar su voz de vasallo. Afuera, el perro ladraba como un poseso, quizá debido a la luna llena, quizá porque sus planes se acercaban a término.

—Qué te han hecho allá en el palacio, oh cadí.

Su amo lo miró con enormes ojos de loco. ¿Incluso ante aquella escoria su desgracia era evidente, inocultable? Tomó la daga que solía tener a mano para pelar manzanas o ayudarlo a descascarar nueces y apretó la hoja contra el cuello del esclavo.

—Arrodíllate, perro. Y muéstrame lealtad.

El cadí dejó caer sus pantalones. El servidor atinó a derrumbarse y a fuerza de jaloneos, maldiciones y patadas logró entender lo que de sus habilidades se esperaba.

En lo alto de una azotea, el perro, enardecido, ofrecía un discurso ante sus acólitos, que por decenas y llegados de todos los rincones del barrio de los artesanos se apeñuscaban a escucharlo.

—¡Ha llegado la hora, hermanos! ¡Está aquí! ¡Una vieja era muere y otra despunta! ¡Iré al palacio cuando llegue el día y diré al nuevo señor de los hombres que habrá otras leyes para nosotros, las alimañas y bestias de esta ciudad! ¡No más huesos pulverulentos ni caricias de testa y oreja! ¡Seremos libres y distintos! ¡Seremos mejores!

Y sus huestes festejaban sus inflamaciones con toda clase de aullidos, ladridos, soplidos y lamentos.

Solitario, en el patio, el sirviente sollozaba. En un día cualquiera su paciencia habría sido mayor, pero ya no tenía fuerzas para escuchar la vocinglería y mucho menos el rugido de aquel sarnoso que en mala hora había sacado del arroyo y permitido medrar y enaltecerse.

De las caballerizas obtuvo una cuerda y un palo. Subió a las azoteas, arrancó al perro de su espontáneo estrado y lo remolcó al patio. Y como el can siguiera ladrándole (intentaba explicar que se le esperaba en el palacio y no tenía tiempo para asuntos coloquiales y mediocres), lo golpeó en el hocico y las costillas, lo echó a la calle y lo dejó amarrado, a su suerte, en un árbol seco.

Los demás animales se habían entregado a la fuga en cuanto su líder fue capturado y no quedaba rastro de la manada que seguía, minutos antes, el menor de los movimientos de aquellas patas, ahora exánimes. Apenas un par de mastines gordos de la casa vecina se avinieron a aproximarse, precavidos, irónicos quizá. El perro les habló con un suspiro que se escurría hacia la nada.

—Apenas duerma un poco, seguiré con la campaña. Me esperan en palacio. Haré cimbrar la ciudad. El mismo Jalifa habrá de arrepentirse.

La cuerda lo ahogaba.

—Tendrán que oírme. Tendrán que. Alcanzó a emitir un chillido. Una de las bestias se le había adosado y lo montó, repentina, con despreocupada lascivia.

—¡Eso no! ¡Mi valor está en otra parte! ¡En otra parte!

Pero Aquel que conoce la auténtica valía de las cosas no permitió que siguiera lamentándose.

La paz y la mano que hace el silencio, oh afortunado Señor, sean con Él.

Escriba

Buenas noches. La noticia de hoy es que el Señor ordenó carne para la cena. Carne prohibida por la religión de sus abuelos, pero que habrá que ponerle en el plato porque él no cree lo que ellos o lo hace de un modo menos enfático (tampoco ha respetado el lecho de la Señora como sus dogmas mandan, pero no entraré en habladurías). Los hijos del Señor, al ver el menú, nos mostrarán las lenguas, lo sabemos, porque la carne no es de su agrado. Suaves y lánguidos, embarnecidos a fuerza de potajes y gimnasia, dicen que no mancharán sus bocas y tripas con carroña de animal. Me contentaré con los trozos que desechen. Tienen, esos despojos, un sabor sumamente delicado y me complace deglutirlos, queridos amigos. Me enloquece.

Debo aceptar que he escrito casi todo el párrafo precedente al dictado de uno de los hijos del Señor. El mayor de ellos. Porque heredará su posición y propiedades y se encuentra particularmente interesado en que no se le relacione con la monda bestialidad de su padre. Él, me señala, ha estudiado, no consume carne de animal, no ha profanado el lecho de su propia mujer (insiste) ni aceptará, siquiera, ser reconocido como Señor cuando su padre falte y volteemos hacia él en busca de orden. La parte final del párrafo, esa en la que me complazco en destacar mi gula por la carne rechazada, me fue sugerida (y, por tanto, ordenada) por el hijo menor, quien considera a su propio hermano demasiado blando en las medidas de distanciamiento con el patriarca y quien aspira, más que nada en el mundo, a ser considerado un insolente, un insubordinado. Tampoco es afecto a la carne, el menor, y no puede serle desleal a una mujer puesto que no ha contraído matrimonio con ninguna. Sus amigos son artistas, cortesanos, prostitutas, y él, establece, se esfuerza en ser considerado un tipo común.

El Señor me pide que agregue aquí una nota en la que explique que no le resultará sencillo, al menor de sus vástagos, ser confundido con un cualquiera dado su apego a los ropajes ostentosos, las joyas extravagantes y la sostenida compañía de miserables que tan sólo toleran a ese gusano aristócrata malnacido porque les paga el vino y la hierba para las pipas y debo transcribirlo tal cual porque temo que se me golpee y se me envíe a una celda si no lo hago. Por lo tanto, este es un buen momento también para señalar que, a diferencia de lo que sucede con el menor, en quien no ha depositado esperanza alguna para la salvaguarda de su heredad, el Señor declara una rotunda decepción por los dichos de su primogénito, de quien espera un proceder distinto si es que aspira a obtener la herencia a la que está llamado.

El Señor parece una fiera huida de un jardín zoológico cuando sus hijos lo hacen disgustar. Esto lo he escrito a petición del mayor quien, pese al disgusto que le provocan las reconvenciones de su padre, me ha traído unas manzanas todavía comestibles y un poco de jabón. Deseoso de ser igualmente obedecido, el menor me ha proporcionado una botella de vino y algo de hierba. Mi posición en la casa no me permite hacer uso de tales obsequios, pero me las arreglaré para que me sean comprados a buen precio por alguno de los servidores de rango bajo. A cambio de esa ganancia inesperada debo asentar que el Señor es un cerdo vil, que hace años que tiene a la Señora en el abandono pero se entretiene sodomizando cabras, puercos, reclutas de la armada y servidores de rango menor. Yo mismo he sido víctima de sus soeces e indebidos apetitos. Me ha sido prometida una botella adicional por escribir la frase anterior.

Tiene gracia, dice el Señor, que venga a acusarlo de acciones tan reprensibles un entregado cultor de las visitas forzosas a traseros ajenos. He de ser más claro aún, a riesgo de que se me golpeé o se me violente con un jarrón de porcelana: el Señor piensa que su hijo es un sodomita rastrero y añade a sus acusaciones, incluso, la posibilidad de que en sus escarceos la parte pasiva sea la suya. (Salva sea la parte.) En cuanto al hijo mayor, no ve la necesidad de responder sus insultos ni entrar en polémicas. Es claro que lo único que consigue al negar su ansia por el Señorío es demostrar lo inconmensurable de su anhelo.

Así que el viejo cree, realmente, que soy un perro, que soy él, repone el primogénito, quien acude a monitorear el estado que guarda el escrito y me obsequia, al pasar, una mano de plátanos. No tengo necesidad de sentarme en su silla, contar sus monedas o explotar sus tierras. No discutiré más. Que no soy como él lo sabrá la gente cuando mi padre falte y se voltee hacia mí en espera de orden (que sabré imponer).

El hermano menor me ha traído una prostituta y pide, a cambio de que la mujer acceda a cometer conmigo un listado de suciedades planeadas por su contratista (y ante su atenta mirada), que exprese aquí que el Señor no es más que un impotente y que haría bien en meterse por el culo la mano de plátanos que el hermano mayor me ha obsequiado (y que, temeroso yo de que se vea involucrada en el disenso, oculto bajo mi camastro).

El Señor se ha reído, agitándose como una montaña aquejada por una avalancha, al verme junto al cuerpo retorcido de la ramera y no ha perdido el humor ante las frases del más joven de sus retoños. Echa a la mujer de una patada y me levanta tirándome de los pelos, con unos modos que habrían hecho quejarse a más de un escriba pretérito (cuya fugacidad en el cargo y la misma existencia física, quizá, se habrá debido a tan aventurados reparos). A cenar, puerco, me berrea el Señor en la oreja y debo seguirlo pasillo arriba, vistiéndome por el camino.

Nos encontramos con el primogénito a la entrada del salón comedor. Se saludan, inclinan las cabezas y se estrechan en un abrazo que el heredero extiende hacia mí al emplear su mano derecha para hacerme una vaga caricia en el mentón. Me siento bendecido. Eso me ha sido dictado.

La carne se sirve en grandes platones. El Señor se inclina a devorarla y ordena a la Señora, silenciosa y pálida a su lado, que lo acompañe. Se arrebatan ambos los huesos y los roen y chupetean con deleite. Hay placer allí. El heredero, con un mohín minúsculo, murmura que por evitarle espectáculos así es que no invita a su esposa a las cenas familiares. Hace que le sea retirado el plato de carne y en su lugar ingiere un tazón de huevos de codorniz y una ensalada confeccionada con los vegetales que nuestra más reciente incursión a las granjas vecinas ha logrado enajenar. Los músicos y el generoso escanciado de vino consiguen que se instale en el salón una atmósfera expansiva, generosa.

Cuando el menor aparece, las ropas brillantes pero manchadas, la sonrisa torva pero amplísima, su padre se levanta y rodea todo el perímetro de la mesa para dar un abrazo y un coscorrón admonitorio al pequeño. Hay que traer a toda prisa otra ración de huevos de codorniz y vegetales (y me veo obligado a anotar en el libro de las cuentas la necesidad de ejecutar una incursión que resurta lo que ha sido cocinado y servido esta noche).

Antes de retirarme observo al menor: mira el abierto escote de la Señora y arriesga hacia ella gestos que incluyen el uso de la lengua, los dedos cordiales y una recia cantidad de saliva. No, no hay motivo de escándalo: pese a que el protocolo establece que sea llamada por ellos Madre, la Señora no parió a ninguno de los dos. Es una chica robada de una granja y entregada como tributo al Señor para su regocijo. El cadáver de la madre auténtica fue devorada por los perros hace años, junto con el escriba que accedió a consignar sus envenenadas palabras contra el Señor (ay de aquel que ose desafiarlo).

A punto de perderme por el pasillo, un grito me hace volver sobre mis pasos. El Señor me indica que tome algunos trozos de la carne despreciada por sus hijos, que me apresuro a esconder en mi camisa y que lameré más tarde con fruición de perra. Me ha sido indicado que lo escriba así. Mientras salgo otra vez, el menor se pone de pie y pide un brindis a mi salud. Tu honradez es motivo de festejo y tu ecuanimidad está a salvo de toda duda; me demanda que lo escriba así y yo, naturalmente, lo hago.

Ha sido este, sin duda, un día extraordinario, que quedará en los anales de la.

Me ha sido ordenado que lo exponga así.

El horóscopo dice

I

Mi padre no es querido en el barrio. Los policías asoman por la casa cada lunes o martes y lo miran beber cerveza en el minúsculo cuadrado de cemento que antes fue jardín. Los vecinos no tienen un enrejado que los guarde pero nosotros sí. Mi padre bebe encaramado en un banquito sobre la misma calle, delito perseguido por aquí con severidad digna de crímenes mayores. Pero los policías no pueden cruzar el enrejado y detenerlo: se conforman con mirarlo beber.

Nuestra relación tampoco es buena. Mi madre murió y yo debo hacer el trabajo de la casa, él está educado para no tocar una escoba y yo, en cambio, parece que nací para manejarla. Cuando termino de barrer, sacudir, trapear y lavar baños y cocina (la ropa, jueves y lunes) debo vestir el overol y caminar a la fábrica.

Fui una alumna tan destacada que conseguí empleo apenas presenté mi solicitud, pero no tan buena como para obtener una beca y seguir. Trabajo en una línea de ensamble de las tres de la tarde a las diez de la noche, junto con veinte como yo, indistinguibles. Vistas desde arriba, a través de la ventanilla de la oficina de supervisión, debemos parecer incansables, las doscientas o trescientas que formamos las quince líneas fabriles simultáneas durante los diferentes turnos.

Otra de mis fortunas (no me gusta quejarme: le dejo eso a los periódicos) es que mi camino de regreso resulta simple. Once calles en línea recta separan la casa de la fábrica. Algunas de mis compañeras, en cambio, deben abordar dos o tres autobuses y caminar por brechas enlodadas antes de darse por libres.

Las calles cercanas a la fábrica fueron oscuras pero ahora las iluminan largas filas de lámparas municipales. El patrullaje es permanente: durante el trayecto de once calles hasta mi puerta es posible contar hasta seis camionetas de agentes, dos en los asientos delanteros y cuatro detrás, arracimados en la caja, piernas colgantes y rifles al hombro.

Los periódicos se quejan. Dicen que el barrio es una vergüenza y lo comparan con los suaves fraccionamientos del otro lado de la ciudad. Es cierto: aquí no hay bardas ni jardines. Nosotros tuvimos uno, diminuto, que ahora está sepultado bajo el cemento y que mi padre utiliza como estación de vigilancia mientras bebe. Mira pasar a la gente de día y por la noche, cuando nadie se atreve a salir, espera mi regreso. O eso creo. A veces no está cuando llego y sólo aparece un rato después, botella en mano.

Es cierto que existen peligros. Y no todos son mentiras de la prensa, como sostienen algunos. Muchas compañeras, no se ha podido saber con precisión cuántas, jamás vuelven a la fábrica. Algunas porque se cansan de la mala paga o la ruda labor, suponemos. Otras, porque las arrebatan de las calles cercanas. Dicho así, suena como esos artículos del periódico en los que se quejan de la aparición de otro y otro cuerpo. Los acompañan fotografías en donde las muertas parecen juguetes. Así debemos vernos todas: muñecas articuladas, acompañadas por la mascarilla de seguridad. A veces jugamos a ensamblar muñecas (acá la cabeza, los brazos, acá piernas y ropa) y a veces, como muñecas, somos desarmadas. No: la verdad es que ensamblamos circuitos y la línea de muñecas cerró hace años por falta de mercado. Pero recorté un artículo que lo asegura porque me gustó su forma de mentir. Como si tuviera algún sentido lo que sucede, como si fuéramos algo que pudiera ser descrito.

El artículo fue publicado hace año y medio, por la época en que el patrullaje era mayor y las desapariciones (y los hallazgos de cuerpos), más frecuentes. Ahora han disminuido, aunque sin desaparecer del todo. Como sucede con esas parejas que aún se meten mano de vez en cuando si él bebió o ella está aburrida. Eso leí en otro artículo, en una sección que en vez de cuerpos muertos luce los muy vivos de algunas mujeres hermosas. Lo que no soporto son los crucigramas. De todos modos no podría resolverlos, porque mi padre se precipita sobre cada periódico que llega a la casa. Los agota en minutos, sin tachones ni dudas. Como si los hubiera planeado, como si fuera capaz de que sus palabras cupieran en los cuadritos sin que importara su correspondencia con la verdad. Nunca me he detenido a revisárselos.

No suelo pasear, sino que camino veloz y sin distracciones. No volteo si alguno de los policías, arriba de sus camionetas, llama. Algunas mujeres de la fábrica se hacen sus amigas y novias (es decir, se meten con ellos a los callejones y se deslizan sus miembros a la boca) en busca de escolta y protección, pero no tengo intenciones de revolcarme con uno ni necesito que me sigan hasta mi puerta. A mi padre no le gustaría verme llegar con un policía.

Los periódicos se quejan de todo pero, como pasa con la gente habladora, llegan a referir cosas útiles. Por ejemplo, tengo acá un artículo en donde informan que la fábrica es un negocio tan malo que resulta inexplicable que su dueño lo mantenga funcionando. No ha generado beneficios en ocho años y reporta pérdidas en todos los estados financieros. Incluso los recaudadores de impuestos se han vuelto laxos en sus revisiones, porque el dueño es amigo de un diputado y en el gobierno saben que esto no da dinero. Lo dejan en paz.

Otro problema de este barrio «en situación extrema», leo, es que han muerto cinco policías en el año. El periódico, repitiendo los dichos del Ayuntamiento, propone que los agentes son abatidos por los mismos que secuestran y desechan los cuerpos de las compañeras. Pero cómo confiar en un diario que, luego de asestar esa información, secunda sin parpadear las imaginaciones del redactor encargado de los horóscopos. El mío, hoy, dice: *Te encontrarás inusualmente sintonizada con tu pareja, aprovecha para decirle eso que te incomoda.*

Mi pareja, que no existe, tendría que ser paciente: trabajo de lunes a sábado y en la casa no termina la labor. Y a mi padre la disgustaría verme llegar de la mano con alguien. Sobre todo, me parece, si fuera un policía y tuviera que meterme con él a los callejones y chuparlo.

Ahora me doy cuenta que terminé diciéndole esto a nadie y en verdad me incomoda. Otro triunfo para el horóscopo.

II

Salgo, de noche, con otras cincuenta. Somos relevadas por cincuenta más, idénticas. A pocas les conocemos la cara, porque debemos utilizar redes para el cabello y mascarillas de seguridad y no resulta cómodo quitarlas y ponerlas en su sitio cada vez, así que acostumbramos dejarlas allí, tapiándonos la vista.

Hace tres días que el mismo agente, de pie en la esquina más alejada de la puerta, justo donde comienza el camino de regreso, me da las buenas noches. Es un tipo feo incluso entre los de su especie, pero procura mostrarse amable. Le sonrío sin responder; sé que por esa ventana mínima que abro, vuelve.

Sus compañeros, las piernas colgando en la caja de una camioneta, se ríen. «No se te hace ni con la gata más pinche», le dijeron el segundo día. No pienses, policía, que lo de la gata me ofende. La camioneta acompaña mi regreso pero se detiene ante la última esquina. El agente feo, de pie en la caja, me identifica como la hija del borracho del enrejado. Vuelven a burlarse. Debe haber pasado humillaciones peores: es realmente feo.

Una muchacha nueva, apenas mayor que las otras, llega a la fábrica. Dice conocerme. Vive en una de las apretadas casas al otro lado de mi calle: ha visto a mi padre beber en su banquito desde que era pequeña. Lee los periódicos tanto como yo, aunque evita las noticias sobre el barrio y se concentra en las que ofrecen explicaciones para los problemas de cama de hombres, mujeres y gatas. No puedo creer que esos hijos de puta me dijeran gata en la cara, sin parpadear.

Caminamos juntas de regreso, inevitablemente, como si la hubieran colocado en mi horario para obligarme a intimar. El policía feo parece interesarse por la vecina cuando la descubre a mi lado. Se sonríen. La animo, en las jornadas de ensamblaje, a sostenerle la mirada y acercarse. Me esperanza la idea de que se gusten.

Éxito: consigo librarme de mi compañera de ruta apenas se decide a conversar con el feo. Ella es linda, curiosamente linda, y ahora los compañeros del agente le gruñen, resentidos, en vez de burlarse. Yo no tengo ojos para ellos, sólo para las calles que recorro cada día y noche. No me preocupan. Nunca me colaré a un callejón para lamer, agradecida, a un protector.

Dice el horóscopo que debo cuidarme de murmuraciones. Y agrega, el diario, otro aviso: en vista de que el número de crímenes en el área ha disminuido hasta cincuenta y nueve punto dos por ciento, se reducirá en la misma proporción el patrullaje policial. Que me expliquen cómo le descontarán el decimal, amigos. Si pudiera calcularlo, me digo, quizá habría conseguido la beca. Y ahora escribiría los horóscopos en el diario.

Mi vecina aprovecha nuestra cercanía en la línea de ensamblado para narrarme sus manoseos y lameteos con el policía. Su fealdad parece entusiasmarla.

La hace sentir deslumbrante. Incluso el periódico ha bendecido sus apetitos, porque en la sección con las fotografías de bellas desnudas recomiendan a las lectoras buscarse novios horrendos pero apasionados.

Lo siguiente no debió ocurrir. Ella pudo quedarse con su hombre y permitirme caminar sola, pero en vez de ello se citó con él más tarde, en su casa, para presentarlo ante su familia, y me escoltó por las calles. Todo era perfecto, serían felices, él iba a pedir su cambio a un centro comercial y se alejaría de los peligros. Así que no le gusta el barrio, dije. A nadie, vecina, a nadie. Pues a la gata le gusta, pienso.

Pero la camioneta sale detrás de una esquina plena de luz y se detiene allí, al final de la calle. Negra, sin placa ni insignias, los vidrios levantados. Nos detenemos y sus faros nos esperaran.

Ella debe imaginarse rota, en una zanja, alejada para siempre de su amante feo, su overol de trabajo y hasta de mí. A nadie le gusta pensar eso. Me toma de un brazo, tiembla. Yo no padecería este miedo si estuviera sola. No volveré a caminar con esta pendeja, me digo. De la parálisis nos salva la luz de una torreta. Por la calle avanza una patrulla. La camioneta, lenta como nube, se marcha.

Evito responderle al día siguiente, en la fábrica, cuando vuelve al tema. Le recomiendo que recurra a su novio y me deje volver sola, como sé, como me gusta. Se resiste. Dice, no sé con qué base, que juntas corremos menos peligro. Tengo que echarla de aquí. Tu puto novio me dijo gata y quiso que se la mamara. Chingas a tu madre tú y él igual. Ni me hables, pendeja. Todo eso y la espanto lo suficiente como para alejarla. Al fin.

Unos días después, veo a la distancia que le entregan una canasta de globos. Hay abrazos y algún aplauso. Se muda con el feo, se va de la fábrica. El alivio hace que las rodillas me tiemblen y mis muslos suden, como si la tibia orina de la niñez escurriera por ellos.

El periódico, ladino, calcula que el número de policías en el barrio podría haber bajado no por la disminución de crímenes, sino al revés: lo crímenes habrían bajado en la medida que lo hacía el número de policías. Me doy cuenta de que, asombrosamente, mi padre no concluyó el crucigrama esta vez. La receta del día: ensalada de pollo con salsa dulce. Luce deliciosa.

La camioneta viene, lenta, hacia mí. En el mejor lugar posible para un asalto, a mitad del camino entre la fábrica y la casa, en un cruce de calles en donde nadie vive y subsisten pocos negocios, cerrados todos a esta hora. Me rebasa pero se detiene, aguardándome. Como no avanzo (para qué precipitarse), bajan dos hombres. Visten ropas de calle. Son el feo y un compañero, uno que quizá se reía más que los otros de esta pinche gata. Sus expresiones perfectamente serias. Nada de diversión, aquí.

El rodillazo me dobla y la patada me derriba. No puedo oponerme, nada en los bolsillos de mi overol o mi pequeña mochila puede ser utilizado como defensa. Me jalan a la camioneta y debo pesarles en exceso, porque no es un movimiento limpio sino uno lastimoso y torpe el que hacemos en conjunto. Logro sujetarme de un poste para retenerlos. Es obvio que no saben hacer esto.

Pero, claro, el experto está aquí. No lo ven, no lo esperan, pero el crujido que escucho mientras tironean mis pies y me patean las costillas son sus botas y arma. Cierro los ojos porque me duele, porque no disfruto esto ni me divierte cuando sucede.

Los tiros no son estruendo; apenas ecos acallados por la carne.

Sudo. Me arde el estómago, mi boca se abre y jala aire, todo el aire. Me arrastro al poste y, contra él, consigo incorporarme. Náuseas. Me hicieron daño.

El feo tiene el pecho destrozado y un agujero como una mano entre las ingles. Su compañero luce un boquete negro en el ojo derecho y las entrañas se le escapan del vientre.

Tengo las fuerzas necesarias para escupirles a ambos, devolverles las patadas. El dolor en las costillas me perseguirá un mes. Escucho un jadeo. El feo vive aún, trata de escurrirse.

Mira a la pinche gata, le digo, mírala.

Vuelven a dispararle.

Cierro los ojos.

Una mano me toma del hombro, me obliga a volverme.

Vámonos, pues, a la verga, dice.

Sí, papá.

Me contempla con aspereza.

Volverán las patrullas.

Lo sigo por calles vacías.

Boca pequeña y labios delgados

6 de mayo

Recibo esta carta:

«No me pide, doctor, que escriba un texto que me explique ante usted y el resto de los carceleros. No: me exige que continúe a otro, que retome las líneas robadas a uno tan infortunado como yo. Le aviso por adelantado que no lo conseguiré. Nada de lo que he escrito hasta ahora ha servido para explicarme y no me queda sino pensar que, ya que me encuentro preso y mi muerte se aproxima, no hay esperanza de que mi prosa llegue a las cercanías de lo que soy. ¿Escribir, pues, algo que no sea *mío*?

»La náusea y la abulia interminable impidieron que le entregara estas cuartillas en su anterior visita. No es fácil fantasear entre rejas y más arduo aún es resignarse a hacerlo bajo la luz de esta lámpara y sobre la lisura de esta mesa, que iluminaron y apoyaron inútilmente a Gustavo López. No puedo considerar más que un presagio malsano, doctor, que me favoreciera usted con estos implementos obsequiándome al tiempo con el dato de la identidad de su viejo propietario: el amigo asesinado en alguna celda adjunta.

»Mi padre me enseñó que no resultaba conveniente utilizar los objetos personales de otro, ni sentarse en un asiento recién desocupado. Esa sensación de vergüenza me agobia cuando miro el círculo de luz sobre la mesa, doctor: la de ocupar un sanitario caliente. Siento náusea, dije, pero lo que siento es odio. Porque incluso cuando usted descubra que mi presencia en este lugar es equivocada y monstruosa, me entregará al paredón o no moverá una mano para evitar que me arrastren ante él.

»¿Asistió a la ejecución de Gustavo? ¿La miró impávido y sereno y fue capaz de fumar? ¿No sintió algún dolor al producirse la descarga, aunque fuera el de perder un paciente? Me obligo a escribir, aterrado todavía por el calor de la lámpara y la mesa que pesan sobre mi cuerpo como los ropajes de un cadáver.

»Conocí a Gustavo y aunque quizá él no se habría llamado mi amigo, puedo decir que lo apreciaba. Cuando el resto de los escritores se cambiaban de banqueta para no cruzarse conmigo, sólo Gustavo siguió dejándose invitar las cervezas y conversando sobre el futbol del domingo.

»Durante nuestra primera entrevista, doctor, se mostró usted extrañado de que el autor del himno nacional hubiera sido arrestado. Podrá calibrar, entonces, el tamaño de la sorpresa y el espanto que me corroen. No estoy preso, como otros, por no creer, sino por *creer demasiado*. Mi convicción y fanatismo son tan lisos y sin fisuras que se toman por ironía.

»No puedo escribir más. Espero que estas líneas sean, al menos en parte, un germen de lo que espera recibir.

»Con atentos saludos de

»Ricardo Bach.»

17 de mayo

La primera señal de la hipocresía de Bach fue la referencia patética a Gustavo López. Un hombre fuerte de verdad no habría agradecido como un cachorro la atención y amistad de un enemigo. Así, he tenido la ventaja de conocer el fondo último del pensamiento del preso desde un inicio: es un cordero en busca de afecto. Ha pretendido mostrarse dócil y confundido a la vez que ha vindicado su militancia, como si ese partidarismo no obligara a una virilidad que no parece capaz de mostrar.

Bach es rubio: boca pequeña y labios delgados. Compone unos gestos de desamparo, escudado en dos profundas ojeras, que han conmovido a más de un celador. Sospecho que ansían sodomizarlo pero la guardia que he destacado y la cámara de seguridad lo impiden. Vestido con uniforme de reo y sin goma para el cabello disponible, se las ha tenido que arreglar como ha podido para mantener ese aspecto atildado del que parece tan orgulloso. Los trajes a la medida, el peine de carey y los zapatos deslumbrantes han sido sustituidos por un overol y botas de trabajo y la característica melenita de los retratos ha dado paso a un corte militar.

Me recibe con aspavientos de júbilo y sigue mis pasos como un perrito, ofreciéndome la silla con un gesto señorial y afeminado que me humilla: una anciana atendida por un camarero. Se sienta sobre el jergón de la celda y fuma los cigarros que le entrego con deleite de niño.

Responde con precisión y resulta tan minucioso que me veo en la necesidad de contenerlo. Gustavo López, en la época en que lo traté, dejaba caer la ceniza del tabaco al suelo y su mayor gesto de higiene consistía en reunirla con el zapato luego de pisotear la colilla. Bach se esfuerza, en cambio, por mantener el piso de la celda impoluto y se ha procurado (quizá por medio de algún celador afecto a los pestañeos de sus ojos grises) un escobillón, un recogedor y un cesto con los que se deshace de cada molécula de ceniza.

Lo he visitado tres veces y su cortesía ha sido expuesta de modo tan intenso que comienzo a dar crédito a la teoría de que se burla de nosotros. ¿Cómo explicarme, si no, esa atroz «Oda al falo de mi carcelero» que entregó junto con su primer reporte y que me he resistido a incluir en esta libreta?

176

Por otra parte, Bach parece contar con un suministro inagotable de objetos difícilmente asequibles para otros. Su lecho está cubierto por una cobija de lana en lugar de por una sábana percudida de orines. Cada vez que le entrego papel y bolígrafos, los une con gestos de gozo con las provisiones que guarda en una cajita de madera laqueada. Ha llegado a ofrecerme café y, ante mi sorpresa, ha revelado un cazo metálico con todo y filtro que luego manda calentar. No he llegado al punto de delatar ante la superioridad sus privilegios, pero si en verdad se ha eliminado (o al menos dificultado) la posibilidad de que consiga estos objetos mediante caricias clandestinas, sólo el mesmerismo explica la obediencia que el personal de la cárcel parece rendirle.

Bach se deja ver animado pese al desgarro pueril con que escribe. Un sólo vistazo a sus obras (*Virilidades* es el título de la más demencial: la cantata a un astronauta que se reproduce mediante clonación y conquista el universo, festejando cada paso de su carrera con orgías donde se ayunta copiosamente consigo mismo) me ha provocado una antipatía que no experimentaba por nadie hace años. Comprendo que, tal como confiesa, el resto de los escritores de la ciudad se cambiaran de banqueta al mirarlo. Comprendo que sus correligionarios se apresuraran a meterlo a la cárcel. A un hombre como Ricardo Bach habría que ahorcarlo.

19 de mayo

«Caro doctor:

»El pesar y el miedo no remiten, pese a sus ilustradas y apaciguadoras pláticas. He soñado con un grupo de fieros sacerdotes, moteados sus vestidos como el pelaje de jaguares, que me conducen a una montaña de fuego, me desnudan y arrojan a las bocas humeantes. He soñado, sin embargo que, en el último instante, un anciano de agilidad asombrosa se lanza tras de mí y consigue llevarme a la orilla. ¿Qué significado podrá tener este sueño, doctor? ¿Acaso habrá algún bondadoso que evite mi destrucción antes de que suene la hora final en el campanario de mi vida? Quisiera que estuviera usted aquí, doctor, conmigo, ahora mismo. Estaría más tranquilo ante su presencia, la más consoladora de las que pueblan estos, mis días finales.

»Lo espera con impaciencia,

»Ricardo Bach.»

20 de mayo

Las insinuaciones de Bach me perturban. No porque me vaya a ver arrastrado, como pajarillo bajo el hechizo de una serpiente, a correr a su celda y poseerlo. No: tengo la seguridad de que este imbécil se burla de nosotros y necesito definir la forma en que hemos de triturarlo. Gustavo López fue sincero al entregar los textos que se le requerían y así fue consumada su perdición. Pero doblegar a un ser esquivo como Bach requerirá del uso de recursos más sutiles.

Quizá mi primer dictamen fue erróneo y no es un cordero sino un chacal lo que tenemos cautivo. Por ello, la primera medida será retirarle todas las comodidades y sustituirlas por otras menos convenientes. No tendrá una cobija de lana, sino un edredón rosa. No gastará un uniforme de preso, sino que lo obligaremos a vestir camiseta y pantaloncillos, como un niño. No tendrá papel y bolígrafo, sino una máquina en la que podremos ver lo que pergeñe. Mantendremos en reparación indefinida el sanitario de su celda y apenas le permitiremos una visita diaria a los baños colectivos. Por lo pronto, esta noche se apagarán todas las luces del Reclusorio Federal Número Uno salvo las que alumbran la celda de Ricardo Bach.

29 de mayo
«Doctor:
»Le escribe el más desgraciado de sus pacientes. Sé que no debo culparlo por las humillaciones que se me han infligido, pues su misión es auxiliarme y procurar mi curación. Por ello recurro a usted, para rogarle que me sean proporcionados solamente los implementos comunes de los que gozan los internos de esta cárcel. No deseo estas ropas de niño que me

orillan a usar ni este cobertor de marica que han instalado en mi cama. Entiendo que mi cafetera resultara una exageración pero sustituirla por un expendedor de crema para manos no parece comprensible. La luz fría me quema los ojos, doctor, y la carencia de un sanitario, pues el mío que sigue descompuesto tras nueve días de reparaciones, me hace padecer indecibles tormentos. Si no he escrito en esta máquina que se me ha proporcionado no es por suspicacia, querido amigo, sino porque mi decaída salud y ánimo lo impiden. Ayúdeme a que sean reinstaladas mis comodidades o al menos se me ponga al nivel de los otros y pídales a los custodios que retiren de mi celda los carteles de animalitos y el jabón de olor. Si me socorre, garantizo que pondré a su disposición informaciones preciosas, o curiosas al menos, sobre los hombres cautivos en esta jaula: noticias de las que me suelo enterar en el patio, al que por ahora me resisto a salir vestido como un crío y víctima propiciatoria de una agresión (permanezco en mi celda a menos que se me conmine a abandonarla a fuerza de patadas en el vientre, lo que ya ha sucedido). Sé, por ejemplo, que los presos reservan un apodo singular para usted, con la pronunciación del cual lo humillan al tiempo que enaltecen su propio y carcomido ingenio. Venga a mi celda, consiga que me reinstalen el sanitario y la cafetera y me devuelvan las ropas de preso y prometo que seré su fiel aliado en la prisión, sus ojos y oídos en el patio, su infatigable indagador de pasillos.

»Trémulo,

»Ricardo Bach.»

4 de junio

He encontrado a Bach demacrado, pero mi llegada lo reanima notoriamente. Me informa que mi intervención —parece creerme capaz, de hecho, de lo que soy capaz, característica no muy común entre los reclusos— ha procurado que le sean devueltas sus ropas y que su sanitario sirva al fin, al menos buena parte del día —he dado órdenes de que pasen tres horas entre sus evacuaciones y la posibilidad de que se las desagüe, para que su mazmorra adquiera el aroma nítido de mierda humana con que me he topado al llegar.

Le obsequio cigarros y le entrego personalmente una nueva cafetera. Sin que me lo pida, ofrezco una explicación de mi ausencia: me declaro convaleciente de gripa. Antes de que pueda continuar, él revuelve entre los objetos personales que conserva en su cajita laqueada y me obsequia unas petrificadas pastillas para la tos. Al ver que contemplo su regalo con desconfianza, me lo arrebata y estrella el empaque contra la mesa tres o cuatro veces, hasta que las piezas se desprenden unas de otras y resultan consumibles.

Sumiso, guarda silencio hasta que, directamente, lo interrogo por mi apodo. Se sonroja y comienza a relatar los pormenores de cada conversación de presos de la última semana: cuchicheos sobre la brutalidad de los guardias, murmullos contra la mala comida, disquisiciones sin sentido al respecto de lo que acontecerá o no en la calle. Algún loco jura que las explosiones que se dejan oír por las noches corresponden a las bombas con que sus camaradas pretenden sacarlo de prisión. Tomo nota y termino por reclamar que no me haya revelado el sobrenombre prometido. Sonríe: «No me obligue a descartarme, doctor. Permítame conservar ese dato inocuo por lo pronto, mientras hago algunas confirmaciones».

Ricardo Bach es un marica bastante atractivo.

10 de junio
«Doctor:

»He releído las páginas escritas por Gustavo López que usted gentilmente me proveyó. Temo que mi retórica resultará inútil para la misión que se me ha solicitado. Continuar la redacción de una prosa ajena, especialmente si el eje que la anima es la confesión íntima, se encuentra más allá de mis intereses y, sospecho, mis posibilidades. Tiemblo aún al recordar el fusilamiento de Gustavo, imagino las sensaciones que lo arrebataron: el pecho inflado de sangre, flemas y pólvora, la respiración apagándose.

Continuar la redacción de una confesión ajena equivale a una violación, a la desviación de la experiencia de otro, su confiscación y traición. A menos, claro, que convierta el manuscrito sentimental de Gustavo López en el de Ricardo Bach, texto aún más tramposo, pues la confidencia no ha sido nunca un tema de mi interés y le repele naturalmente a mi estilo. Insiste usted, doctor, y amenaza con devolverme el delantal y las zapatillas, implementos, por cierto, con los que negó antes cualquier relación. Se empeña en mirarme al otro lado de esa cámara de seguridad que retrata mi encierro y me pregunta, incesante como un mosquito, por el apodo que se le adjudica. Ya que representa mi última esperanza, al menos la única permitida para la escasa visión de un condenado, me afanaré en complacerlo. Corra usted, cuando lea este mensaje, al monitor donde acostumbre analizarme, encienda la máquina que le reporta mis palabras y, más pronto que tarde, encontrará las líneas requeridas. No me pida más: no me veo capaz de complacerlo otra vez.

»Agotado,
»Bach.»

12 de junio

Está sufriendo. Eso me parece, al menos, contemplar a través de la cámara. Pero Bach es un actor. Mañana veré si el resultado es el deseado. Cada texto que le arranque a su delirio matizará, desmentirá, y en definitiva borrará el de Gustavo López, cada uno será su igual o su caricatura, lo despojará de toda dignidad y peculiaridad y Gustavo López habrá muerto, deleitosamente, por segunda vez.

13 de junio

En la máquina, en lugar de la información solicitada, encuentro un texto lleno de insultos dirigidos a mi santa madre, cuya autoría Bach no se atribuye. Marica de mierda.

18 de junio

Me han dicho que, antes de su detención, Bach estaba bien considerado entre los poetillas de la Facultad, principales y casi únicos consumidores de sus escritos. Quizá en memoria de aquel éxito mínimo, su actitud resulta a tal extremo arrogante y brusca. Tras haber sido apaleado, luego de la broma que me jugó, se negó a recibirme en dos ocasiones distintas: debieron convencerlo a puñetazos de obedecer.

Lo percibo, al volver a su celda, en pleno declive. Rebasa apenas la treintena, pero el deterioro físico que le ha infligido la prisión es notable. La ropa le cuelga de unos brazos flacos y se le arremolina sobre un pecho hundido. El estropajo del cabello se le cae a mechones y su cara de niña muestra una eterna mueca de acidez. Tiene un ojo clausurado por un moretón y las encías le sangran, quizá por mala higiene, quizá por la paliza que lo ha postrado en el jergón. Le ofrezco un cigarro y el pequeño tributo reblandece lo que le queda de altanería. Se abalanza y, un segundo después, humea con satisfacción.

Lo primero que me dice es que tiene una larga experiencia como paciente de psicólogos, así que poco le preocupa, en esta instancia final, tratar con otro más. Responde el nuevo cuestionario con letra firme y lenta, mal trazada pero comprensible. Pretendo interrogarlo sobre sus obras pero se resiste. Ahora, afirma, nada importa. Se confiesa entregado a la añoranza y la tarea de ganarse a los presos como público para recitales futuros. Yo, que me he preparado con algunas disquisiciones que demuestren la morbidez insoportable de su caso, decido creer en esa embustera redención y adopto una táctica distinta.

Con otro cigarro y el compromiso de conseguirle libros, obtengo su promesa de regresar al trabajo. Antes de que me marche, se acerca y corrige una vez más: «La política es cosa que me resultó siempre ajena y me limité a contemplar. A mí lo que me tiene en la cárcel, doctor, es el destino. Y quiero escribir sobre él, porque eso me explicará mejor que mil manifiestos».

Comprendo que Bach ha decidido olvidarse de posiciones reivindicativas en espera de que la condena de muerte le sea remitida. Para animarlo a comenzar de inmediato, le obsequio el resto de los cigarros y ordeno que se le entregue papel y un atadillo de bolígrafos en lugar del ordenador. Sonríe con exhibición de sus rojas encías. Estoy seguro de que aprovechará esas hojas para escribir contra mí.

Si no por otra ofensa, estos tipos deberían estar presos por su ingratitud.

21 de junio

Luego de la inevitable entrega de cigarros, Bach me ha cedido unas cuartillas de estilo moroso y reflexivo, sin mucho que ver con sus obras juveniles. Insiste con desesperado interés en que, si le doy tiempo y papel suficiente (da por sentado el tributo de cigarros, lo que no deja de ser revelador), podrá culminar la reescritura.

«Soy un desdichado, doctor. Apuesto a que sus informes no lo consignan, pero soy un carnicero, un vulgar. No le pido que me libere, sino que me trate, que olvide la circunstancia externa de que me opuse (por ignorancia) al gobierno (al menos eso es lo que se me ha ordenado pensar) y recuerde que soy un hombre que ha sufrido.»

No entiendo cómo es que puede exponer parlamentos tan solemnes sin perder esa sonrisita en la que las encías no dejan de manar sangre, que sus flacos labios limpian cada tanto como los limpiaparabrisas de un automóvil.

Le recalco que su sentencia no podrá ser alterada, en ningún caso, por mi intervención y que me ha sido negado el poder de evadir a los acusados de su condena, incluso si los declaro locos. Recibe la información sin bajar la cabeza ni perder la compostura.

«No le pido la vida, doctor, sino tiempo para poner en papel lo que aprendí, lo que tengo ahora mismo en la cabeza. Nada de palabras en escapatoria del sentido: sólo sentido, sólo reflexión. No me lo niegue.»

Le doy cigarros y le digo que me interesaría, claro, leer uno o dos capítulos de su puño y letra. Cuando se sienta seguro, cuando su estilo comience a mejorar y la sonrisa de su horrenda boca sea sincera, lo entregaré atado de manos para que lo ejecuten y me quedaré con la obra inacabada, bella como una estatua sin brazos.

Quizá presienta mis maquinaciones, porque antes de que me retire, desliza: «¿Sabe cómo lo llaman en el patio de la cárcel, doctor?».

Demuestro mi desinterés en el asunto marchándome de inmediato. Su risa me sigue pasillo abajo.

¿Cómo lo llaman? ¿Cómo lo llaman?

23 de junio
Felicito a Bach por el trabajo entregado y le prometo que tendrá tiempo para escribir el resto. Se le mira satisfecho mientras enciende el cigarro y se aco-

moda los anteojos (¿Cómo habrá obtenido gafas, el miserable?). Dice que la poca luz que le concedemos le ha provocado jaquecas y una fuerte irritación de ojos que la manzanilla fracasó en contener. Ignoro la manera en la que pudo conseguir té en esta prisión insensible a toda necesidad humana, pero sospecho de los celadores. Le pregunto si alguno de los custodios lo ha asaltado. Responde con una carcajada que desplaza por un instante la máscara de afabilidad que se coloca ante mí y muestra el negro fondo de su desprecio.

«No, doctor. Mi carne, como verá, es poca y no resulta ya apetecible. Si le preocupa la manera en que conseguí la manzanilla, le diré que a cambio de ella sólo tuve que ceder algunos de los cigarros con que usted, tan atentamente, me obsequia. El socio del trueque fue otro recluso, un profesor con quien hablo a veces: tomamos juntos el sol. Es un tráfico inocuo y confío que no lo delatará. Tengo amigos entre los presos.»

La pregunto qué tantos. Ríe.

«Tengo amigos, doctor.»

Adivino que ha improvisado la historia, pues no hay tales amigos ni paseos ni tal profesor con los bolsillos llenos de manzanilla, y la intención de Bach es que ordene que se coloque en su mazmorra una luz eléctrica o quizá, incluso, alguna silla donde pueda redactar con desahogo —escribe ahora tendido en su lecho, lo que hace su letra en exceso vacilante.

Tengo prisa por hojear sus cuartillas. Ordeno que se le dé una ración extra de té. Debe captar la ironía porque sonríe. Ahora que lo pienso, no ha dejado de sonreír jamás.

24 de junio
Debo confesarlo: las cuartillas de Bach me interesan. Más todavía tras confirmar, gracias a los afanes de un par de agentes comisionados para dicha tarea, que algo contienen de verdad sobre su vida.

Pero basta ya: no puedo darme el lujo de ceder a un preso tales privilegios y cesiones. Cientos o miles más esperan por mí. Lamento no conocer el final de sus peripecias pero si queremos —y queremos— quebrarlo, este es el momento.

Lo primero que nota es que no le he traído cigarros. Su sonrisa se hace, acaso, más forzada. Pero no decae. Tras de mí entran a la celda dos guardias que cargan con la mesa y la lámpara. Bach, se diría, está eufórico. Cuando le arrebato las hojas de papel comienza a reír con deleite.

«Ya veo, doctor, que nuestro acuerdo torna a su fin. Algunas noches pensaba que me permitiría terminar y que incluso sería capaz de enviar mis textos al extranjero; allí, alguien me publicaría y mi nombre no se perdería para siempre en el caño, como el agua sucia. No tengo más que reír. Supongo que no volveré y me dejarán aquí, para siempre mudo. Pero parpadea, usted. No: me llevarán a los paredones. Ya veo. Dirá quizá, mi amigo, que no debí desperdiciar mi tiempo. Yo replico que tan sólo hacía acopio de recursos y que esta circunstancia, la muerte, no detiene mi evolución. Incluso ahora pienso en frases y capítulos que existen desde que puedo concebirlos. La posteridad es un asunto que no me toca.»

Fastidiado por la perorata, me despido. Bach asiente y extiende la mano, que estrecho con vehemencia.

Escucho que la reja se cierra y el candado se muerde la cola y me regodeo.

Vuelvo a mi oficina y a la cena, a mis valses y al expediente de esta noche, en la seguridad de que hemos silenciado a un hombre antes de que sus palabras lo salvaran.

Lástima: no tengo ánimos para leer expedientes.

Ceno mi avena y reviso, sin euforia, las breves páginas de Ricardo Bach que conservaré, para siempre, ocultas e inconclusas.

Amanece cuando llaman a la puerta.
Debo aceptar que no estoy preparado.
La sonrisa.
El hacha.
¿De dónde pudo sacar un hacha?